ハーバードで恋をしよう

レジェンド・サマー

小塚佳哉

講談社X文庫

目次

イラストレーション／沖　麻実也

ハーバードで恋をしよう　レジェンド・サマー

Prologue

「……ニシキ？　どこにいるんだ、ニシキ？」

「上にいるよ、ジェイク！　二階の廊下の奥にある階段の上！」

　階下から自分を呼ぶ声が聞こえてきて、佐藤仁志起(さとうにしき)は大声で答えた。

　すると、すぐに仁志起がさっきよじ登ってきたハシゴのような階段からあらわれたのはシルバーフレームの眼鏡をかけた金髪の長身だ。

　この青い目のハンサムは、ジェイク・ウォード。ハーディントン伯爵とも呼ばれる彼は英国出身で公爵家の跡取りであり、今は名門ハーバード・ビジネススクールに留学中で、仁志起の同期生でもある。同じセクションで教室では隣の席、しかも知る人ぞ知る秘密の恋人だ。さらに、これまでは同じ学生寮の隣部屋だったが、これからはキャンパスに近いタウンハウスで一緒に暮らすシェアメイトにもなる。

　あこがれの先輩を追いかけて、このボストンにやってきた時には、こんな未来が自分に訪れるなんて夢にも思わなかった。

(……ってか、一年前の自分に教えてやっても絶対に信じないよ。ＨＢＳに留学したら、金髪のハンサムな恋人ができるなんて！)

そんなことを考えながら、つい顔がにやけてしまう。

すると、窓辺に座っている仁志起に近づきながら、ジェイクが首を傾げた。

「楽しそうだな、ニシキ？」

「いや、別に……オレ、そんなに楽しそうな顔してた？」

「してたよ」

ヤバい、と恥ずかしくなった仁志起が急いで顔を両手でパンパンと叩くと、その様子を笑いながら、ジェイクはすぐ隣に腰かけた。

「ここは屋根裏部屋か」

「三階があるって説明はなかったし、そういうことになるのかな？」

そう答えた仁志起も珍しげに周囲を眺める。二階の廊下に、ハシゴのように急な階段を見つけたので上ってみると、そこは天井が斜めになった狭い部屋だった。

しばらく使われていなかったのか、斜め天井についた天窓から入ってくる日射しの中で埃が元気よく舞い踊っている。

にぎやかを通り越し、むしろ騒々しく思えるような学生寮を離れ、この春から仁志起が暮らすことになったのは、ＨＢＳのキャンパスまで徒歩だと十五分くらいの住宅街にあるタウンハウスだ。スタディ・グループのメンバーであるドイツ人のフランツも加わって、三人の共同生活になる。ちゃんと引っ越すのは春休み最後の週末となる明日だが、今日は先住者が退去したので荷物を運び込む前の下見にやってきたのだ。

左右対称になったレンガ造りの家は、海外ではよくあるセミデタッチド・ハウスという構造で、家の真ん中が壁で区切られ、二世帯が住めるようになっている。

この屋根裏にしても海外の映画とかTVドラマで見かける子供部屋のようで、日本では両親や祖母と昔ながらの床の間とか縁側のある古い家に住んでいた仁志起は、何もかもが珍しくて、あこがれを感じてしまう。

「なんだかいいな……オレ、ここを自分の部屋にしようかな」

「ここを?」

「屋根裏部屋ってあこがれだし、狭くっても最上階って特別感があるよ」

ジェイクが意外そうに問い返すので、仁志起は笑いながら答えた。

このタウンハウスの間取りは3LDKで、一階には玄関ホールとダイニングキッチン、リビングがあり、二階は階段脇(わき)のバスルームを囲むように三つのベッドルームがあるが、そのうちの一部屋がやたらと狭いのだ。

ジェイクとフランツは、家賃は三等分なんだから、くじ引きで公平に部屋を決めようと主張するが、仁志起の考えは異なる。どう考えても百八十センチを超える長身の彼らに、一番狭い部屋は窮屈だろう。でも、小柄な仁志起が一番狭い部屋でかまわないと言っても納得してくれないのだ。だが、くじ引きの結果、自分以外のどちらかが狭い部屋になれば寝覚めが悪いし、落ちつかない。

それだけに、この屋根裏を見つけられたのは運がよかった。ここは細長くて二階の狭い部屋と同じくらいだが、斜め天井の片側は高く、いくつも天窓があるので閉塞感もない。急な階段の上り下りにしても運動になるから大歓迎だ。

うん、そうしよう、それがいい、と一人で頷くと、仁志起は天窓の外に目を向ける。

悠々と流れるチャールズ川の向こうには、やっと冬が終わって、雪が消えた景色の中に我が学舎――ハーバード・ビジネススクールが見える。毎朝、目が覚めてから最初に見る眺めとしては悪くないな、と微笑みながら仁志起は言った。

「ジェイク、あそこにＨＢＳも見えるよ」

ああ、本当だ、と答えながら身を乗り出したジェイクだったが、チラリと窓の向こうを見ただけで、すぐに横にいる仁志起を見つめてくる。

「この部屋がいいって気を遣ってる？」

「気を遣う？」

「部屋割り、気にしてるようだったから」

さらりと指摘され、仁志起は心の中で舌を出した。ジェイクには何も隠せない。

どうやら、仁志起が悩んでいたことはお見通しだったらしい。だが、そうであっても、仁志起にも意地というか、見栄（みえ）というか、プライドがある。

ジェイクの肩に自分の肩をぶつけながら、ニヤリと笑いかける。

「考えすぎだよ、ジェイク。オレはホントに、ここが気に入ったんだ。こういうところに住んだことがないし」

「……それならいいけど」

どことなく歯切れが悪いジェイクは、まだ信用していない表情だ。頭が切れる恋人は、こういう時に困る。見栄ぐらい張らせてほしいと思いつつ、仁志起はふと気づいた。

（いや、むしろ、なんでも正直に顔に出ちゃうオレの問題か？）

だとすると、微妙な表情の変化を読み取ってくれる恋人の気遣いは有り難いし、見栄を張るよりも、正直な本音を伝えたほうがいいのかもしれない。そう思い直すと、仁志起はあらためてジェイクに向き直った。

「ここがいいってのも本心なんだけど、オレ、ジェイクやフランツが狭い部屋になったら窮屈だと思うから、自分が広い部屋にいても落ちつけないと思う。背が高い二人には広い部屋、ちんまいオレは小さい部屋ってのが、オレは公平だと思うんだ」

正直に自分の気持ちを伝えると、ジェイクはようやく納得したように微笑んだ。

「わかったよ、ニシキは優しいんだな」

「優しいかな?」

「とても優しいと思うよ」

だが、そう囁いたジェイクの、眼鏡の奥にある青い目のほうがずっと優しい。

優しくて、どことなく甘ったるくて、キラキラ輝いていて――つい見とれてしまうと、ジェイクの微笑みが近づいてくる。おお、ハンサムの特大アップだぞ、と観賞するうちに口唇が重なった。ジェイクは、キスがとっても上手だ。仁志起はキスをしているだけで、夢心地になる。シャンパンを飲んだ時のような――金色の泡が絶え間なく浮かび上がって弾けるシャンパンに酔いしれるような最高の気分だ。

今もキスをしているだけで力が抜けて、目の前が真っ白になってしまう。

いや、真っ白じゃなくて、むしろ、キラキラの金色だ。そう、まさしく目の前で揺れる金髪のような――そんなことを考えるともなく考えていると、キスが唐突に終了した。

えっ、やめないでよ、と抗議するように目を開いた瞬間。

仁志起の耳に、車のクラクションが聞こえてくる。

キョトンとしていると苦笑を浮かべたジェイクが立ち上がって、屋根裏部屋の奥にある表通りに面した窓を覗き込んだ。追いかけた仁志起も窓の外を見ると、この家の前に車が何台も停まっていた。

しかも、その中の一台、やたらと大きくて立派な車には見覚えがある。

スタディ・グループのメンバーで、中東の皇太子であるシェイク・アーリィが愛用する九人乗りの豪華なリムジンだ。シークレット・サービスに護衛され、リムジンから降りたシェイク・アーリィは屋根裏部屋の窓から見下ろす仁志起とジェイクに気づいて、笑顔で手を振ってくる。思わず、仁志起も手を振り返しながら呟く。

「殿下って目がいいよなー」

「……それよりも、引っ越し先を見てみたいと言っていた殿下が、どうして何台もの車を引き連れてやってくるんだろう？」

それもそうだ、と二人で訝しみながら階下に降りると、一階にいたフランツが一足先に玄関ホールでシェイク・アーリィを出迎えていた。

「やあ、お邪魔しているよ。いいところじゃないか」

「そりゃどうも。つーか、殿下、なんで何台も車がついてきてんの？」

仁志起が挨拶もそこそこに単刀直入に訊ねると、シェイク・アーリィのほうも、よくぞ訊いてくれたとばかりに満面の笑みを浮かべた。

「きみたちの引っ越しを祝うために、ささやかながらディナーを用意したんだ」

「ディナー？　ここで食うの？」

仁志起が訝しげに問い返す横で、ジェイクやフランツも困惑しながら答える。

「殿下、気持ちは有り難いが、まだ荷物を運んでいないんだ」

「前に住んでいた二年生の家族が出ていったばかりだし、そもそも僕たちだって、今日は引っ越し前の下見だから」

「もちろん、それは知っているよ。でも、ニシキ？　前に住んでいた一家がダイニングのセットを残していくと言っていたじゃないか」

「うん。買った値段よりも運送費のほうが高くて日本に持って帰れないから、いいものでお気に入りなんだけど、泣く泣く置いていくって」

仁志起は肩をすくめながら答える。

このタウンハウスに住んでいたのは、日本人の二年生ファミリーだ。

実家の都合で、ご主人の卒業を待たずに奥さんと子供だけが先に帰国することになり、てんやわんやの大騒ぎだったのだ。でも中途半端な時期の引っ越しということもあって、相場よりはるかに安い家賃で借りられたし、一軒家を三人でシェアするのでキャンパスの学生寮に住むよりも安上がりで、私費留学の貧乏学生である仁志起にとっては渡りに船のラッキーな話だった。

そんなわけで、ダイニングのセットを持って帰れないから置いていく、と言われても、はいはい、どうぞ、と二つ返事で引き受けた。三人とも学生寮から持ち込む大きな家具は限られているし、単身者用１ＬＤＫにいたので荷物も多くない。

だから、ダイニングのセットは、あればあったで役立つと考えたのだ。

思い返してみれば、そのあたりの事情をジェイクとフランツに説明した時、朝の予習を始める前だったこともあって、シェイク・アーリィも近くにいたな、と思い出す。すると仁志起の話に頷いた彼は振り返って、玄関に控えていた黒服たちに頷いた。それを合図に彼らは大荷物を抱えながら次々と入ってくる。

「ダイニングルームは、そちらかな?」

「……あ、ああ、そうだけど」

「しばらく待っててくれ。彼らが準備してくれるから」

シェイク・アーリィがダイニングルームを確認する間にも、黒服たちは外に停めてある車から、どんどん荷物を運び出す。

仁志起は目が丸くなるばかりだったが、ジェイクとフランツは互いに顔を見合わせて、意味ありげに苦笑している。いったい何が起こるんだろう、と仁志起が眺めているうちに黒服たちは運び込んだ荷物を手早く開いていく。

ダイニング・テーブルとセットになっている椅子(いす)が六脚、それだけが残っていた部屋は彼らの手で瞬く間に整えられていった。長方形のテーブルには白いクロスがかけられて、中央にキャンドルが灯(とも)され、華やかに花まで飾り、きれいにセッティングされた四人分のカトラリーはピカピカに磨かれたシルバーだ。

仁志起が唖然(あぜん)とするうちに、キッチンからおいしそうな匂(にお)いが漂ってくる。

作り付けのオーブンや電子レンジもあるにはあるが、それらを使うことなく、きちんと保温されている料理を運んできたらしい。

「……これも一種のデリバリー？」

今にも、よだれが出そうな仁志起が呟くと、シェイク・アーリィが笑った。

「正しくはケータリング・サービスだな。わたしが気に入っているイタリアンのシェフに頼んだんだ。きみたちの口にも合うといいんだが」

「な、なんだか、すごいな……アメリカのボストンで、日本人とイギリス人とドイツ人とアラブ人が一緒にイタリアンを食うってのが」

国境を超越したっていうか、グローバルとかクロスオーバーっていうべきなのかな、とやや混乱気味な仁志起の呟きに、ジェイクやフランツ、シェイク・アーリィがそれぞれに突っ込んでくる。

「確かに、間違い探しみたいだな」

「より正しく言うなら、僕はドイツ人だけど日本人の血も引くクォーターだよ」

「だったら、わたしだって、アラブとラテンのハイブリッドだぞ」

「あー、もう！　いいから早く食べようよ！　テーブルにつく人種っていうか、遺伝学的ルーツのパーセンテージを正確に計算するよりも！」

仁志起が叫ぶと、誰もが笑い出す。からかわれたと気づいて、仁志起も笑った。

ともかく出てくる料理はおいしそうなものばかりだった。魚介類の前菜から始まって、クリスピーなピザにラグーソースのパスタ、ラム肉のソテーと次々と出てくる。

シェイク・アーリィの母国アルスーリアのワインも開けて、デザートのジェラートまで平らげて満腹になると、仁志起もすっかりご機嫌になった。

食事中の話題は、もっぱら春学期を通り越し、夏期休暇の話だ。

来週から始まる春学期が終わると、約三ヵ月という長い夏期休暇が始まる。

ただ、ＨＢＳの学生には単なる夏休みではない。多くの学生たちがサマーインターンに行くからだ。つまり、夏の出稼ぎだ。仁志起はそう思っている。

もともとは学生が就職する前に、実際の仕事を体験するという研修や実習の意味合いが強かったかもしれないが、今では単なる優秀な学生の青田買いだろう。

しかも、世界的に有名な名門ビジネススクールともなれば、入学直後から企業の勧誘も始まっているのだ。もともと働いていた学生が多いし、よりいっそうのステップアップを目指して入学してくるので、その前歴もさまざまで華々しいだけに青田買いに来る企業も錚々（そうそう）たる顔ぶれだし、支払ってくれる給料も高額だ。

ＭＢＡ留学のために通っていた予備校のカウンセラーが、一年目の学費が用意できればなんとかなると言ったのも、こういう理由かとわかる。無事にＨＢＳに入って、夏休みに一流企業でサマーインターンをすれば、二年目の学費もまかなえるのだ。

（……とはいっても、このサマーインターンで卒業後の就職先も決まるようなもんだし、給料の金額だけで決めるのもなー）

そう独りごち、仁志起はあまりにもおいしかったので、お代わりして残っていた分まできれいに食べ尽くしたアプリコットのジェラートの器を見つめながら考え込む。

すると、すぐ隣にいたジェイクが問いかけてくる。

「どうしたんだ？　ニシキ、表情が冴えないな。食べ終わるのが残念で悲しくなるほど、そのジェラートが気に入ったのか？」

そんな突っ込みにフランツが噴き出すと、シェイク・アーリィが大真面目に言った。

「シェフも喜ぶだろう。急いで追加を店から運ばせようか？」

「それは遠慮する！　このジェラートはめちゃくちゃうまいけど、もう充分に食べたよ。ごちそうさま！」

あわてて答える仁志起に、みんなは遠慮なく笑い出す。

すぐ笑いのネタにされるのは悔しいが、何かと気遣ってもらっていることもわかるので腹は立たない。仁志起はちょっと考えてから、ぼそりと悩みを白状した。

「……実はオレ、まだサマーインターンの行き先が決まってなくて」

「そうだったのか？　面接は受けに行ってたよね？」

ジェイクに意外そうに問い返され、仁志起はいっそう冴えない表情で頷いた。

「うん。面接はいくつも受けた。採用通知も届いたけど、コンサルや金融系ばっかりで、前職と変わらなくって……これじゃ留学した意味があるのかなって」

そう呟きつつ、自分でも情けなくなってきた。

もちろん、仁志起だって名門ハーバード・ビジネススクールの学生だ。

条件が合うところに片っ端から書類を送って面接までこぎつけた中には、高額の給料を支払うから我が社に是非来てくれ、卒業後の就職も視野に入れて考えてほしい、と嬉しい返事をくれた企業もあった。だが、二年目の学費がかかっていても、採用してくれるならどこでもいいとは思えなかった。

名門ビジネススクールを卒業したＭＢＡに人気がある高収入の就職先というと、大手のコンサルティング・ファームを始め、投資銀行やＩＴ企業、ヘッジファンドにベンチャーキャピタルあたりだろうか。もちろん、自ら起業する学生も少なくない。実は、ＨＢＳは卒業生に起業家が多いことでも知られているのだ。

そんな中、仁志起が面接で好感触を得られたのは、どこも日本に進出したばかりという外資系企業だった。当然ながら勤務地は日本の支社だし、それも東京や大阪だ。しかも、もともとバンク系の証券会社に勤務していたということもあって、採用通知をくれるのは同種の金融関係ばかりなのだ。せっかく会社を退職して背水の陣で留学したこともあり、前と似通った仕事ではつまらないと思ってしまうのは贅沢なんだろうか？

（まあ、贅沢といっちゃ贅沢なんだけどさ……それでも、もっと高い給料が欲しいとか、前よりもいい会社に入りたいとか、そういうんじゃなくて、オレだからできるって仕事がしてみたいんだよな）

だが、もしかすると、それこそがもっとも贅沢な青臭い悩みなのか、と自嘲（じちょう）しつつ、仁志起は向かいに座るフランツに訊ねた。

「フランツのサマーインターンは、やっぱりバーガーズ？」

「ああ、北米の支社に」

そう答えるフランツは金髪にヘイゼルの目をした優しげなハンサムだが、欧米ではよく知られているドイツ資本のチェーンストア、バーガーズの創業者一族の出身だ。つまりは御曹司なのだ。このバーガーズは総合小売業種では世界第二位の売上高を誇り、世界中に店舗を増やして規模を拡大中だ。入学以来、成績はトップクラスのフランツを見ているとバーガーズの未来も明るいなと思う。

すると、そのフランツの隣にいたシェイク・アーリィが口を挟んできた。

「つまらんな。期間限定のサマーインターンなら、卒業後に就職するバーガーズでなく、別のチェーンストアで働いてみればいいのに」

「いや、それは意外と難しいんだ」

フランツが苦笑するので、仁志起は素朴な疑問をぶつけた。

「なんで？　フランツは成績優秀だし、どこでも大歓迎じゃないの？」

「そんなことはないよ。バーガーズは親族経営で有名だし、一族だとわかったら卒業後はバーガーズに入ると思われて、他の企業からは書類を見ただけで門前払いを食らうことも少なくない」

そもそも近い業種には敵情視察と思われて採用されないし、サマーインターンや就職もバーガーズ系列の会社でするしかないんだ、とフランツは溜息交じりにぼやく。確かに、それは気の毒だ。バーガーズは有名な多国籍企業だから、そこでサマーインターンなんてうらやましいとは言えない雰囲気だった。

けれど、シェイク・アーリィは平然と言い放つ。

「だったら、いっそ、まったく無関係の業種でサマーインターンをすればいいんだ」

「うわー、殿下、それは無茶振りだよ！」

仁志起が突っ込んでも、中東の皇太子は意味ありげに笑う。

「そうかな？　他の業種から学べることもあるんじゃないか？　ちなみに、わたしだってサマーインターンに行くぞ」

「ええっ、殿下が？　いったいどこで？」

とんでもない爆弾発言に仁志起だけでなく、フランツやジェイクまで驚いている。

なにしろ、シェイク・アーリィは裕福な産油国アルスーリアの国王と中東のグレース・

ケリーと呼ばれる元スーパーモデルの両親を持ち、王位継承権一位の皇太子でありながらHBSに留学してくるような頭脳の持ち主だ。さらに母親譲りの類い希なる美貌で数々の浮き名を流す、世界でもっとも有名なアラブの王族なのだ。

そもそも、一国の皇太子ともあろう人物がビジネススクールに入って、MBAになってどうするんだという疑問があるのに、サマーインターンまで行くとは前代未聞だ。いや、それより、皇太子なのに就職するつもりだろうか？　まさか、シークレット・サービスを引き連れて出社するんだろうか？

仁志起の頭の中には次々と疑問が渦巻くが、シェイク・アーリィは三人が驚いたことに満足したらしく、楽しそうに笑いながら答えた。

「いや、せっかくビジネススクールに入ったんだから、他の学生と同じ経験がしたいって学長に頼んで、国務省に交渉してもらったんだ。おかげでコンサルティング・ファームでサマーインターンをすることになった」

学長とか国務省とか、仁志起には縁のない言葉が続いた上、そのインターン先を訊くとHBSの在校生がもっともあこがれる最大手の一流企業だ。うらやましいと思うよりも、さすがシェイク・アーリィ、という褒め言葉しか出てこない。

思わず、感心しながら、ふと仁志起は思いつく。

「……そういえば、ジェイクのサマーインターン先は決まったの？」

そう訊ねると、ジェイクは肩をすくめた。

「ああ。今は第一志望からの連絡を待ってるところだ」

「第一志望って？」

「不採用だと恥ずかしいから秘密」

ジェイクが苦笑気味にウインクをしながら答えても、フランツやシェイク・アーリィは興味津々で口を挟んでくる。

「ジェイクは確か、ソーシャル・ビジネスを希望してたな」

「いずれは世界銀行か、国際金融公社で働きたいって言ってたよね」

「あ、それ、オレも聞いた！」

思わず、仁志起も口を出してしまった。

ソーシャル・ビジネス――ソーシャル・エンタープライズ、ソーシャル・ファームとも呼ばれるが、主に［社会的企業］と訳される。

簡単に説明すると、社会が抱える問題をビジネスで改善しようとする事業団体だ。

ボランティアやチャリティーと似て非なるのは、それらは無償の奉仕活動であることに対して、ソーシャル・ビジネスは営利目的でないビジネスで問題改善を目指すところだ。

日本だったら町おこしや村おこし、少子高齢化や環境問題に取り組むＮＰＯ団体などが近いかもしれない。

　以前、ジェイクがあこがれの就職先だと話題にしていた世界銀行にしても、国際連合の専門機関のひとつで、世界の貧困を減らすために途上国の政府や民間企業に対して融資や技術協力を行う国際金融機関だ。

　あらためて考えると、ビジネスといったら、まず金儲(かねもう)けというイメージなので、確かに求人や就職先もコンサルティング・ファームや投資銀行が圧倒的に多い。だから仁志起も漠然と同じような職種ばかり、チェックしていたような気がする。

（前職と似たようなことはしたくないと思いつつも、似たような職種の求人が多いから、自然と頭がそっちに行ってたのかも）

　そう反省しつつ、仁志起は自分の視野の狭さを痛感する。

　フランツは経営者一族の出身だから、サマーインターンは北米にある支社でできるし、卒業後の就職にも困らないと思っていたが、恵まれた立場には、恵まれている故の悩みもあるとは想像もできなかった。

　いや、それをいったら、シェイク・アーリィのほうが驚きだろう。

　中東の皇太子が、他の学生と同じようにサマーインターンをするなんて！

（ジェイクにしたって、英国貴族の伯爵さまなのに、自分からソーシャル・ビジネスとか世界銀行とか、しっかりとした高い目標を持っていて、しかも着実に近づいてるってのがすごいよな）

食後に出してもらった、やたらと濃くて苦いエスプレッソを飲みながら、たわいもない会話を楽しんでいる彼ら三人と一緒のテーブルにいると、自分の情けなさとか至らなさが浮き彫りになるような気がする。

そもそも仁志起は、このボストンにやってきた理由――HBSに留学した理由だって、ずっとあこがれていた先輩を追いかけて、という主体性のないものだ。

仁志起としては、清水(きよみず)の舞台から素っ裸で飛び降りるような気分で腹を括(くく)ってきたが、彼らの前では居心地が悪い。

（ホントにどうすればいいのかな、サマーインターン……ともかく、仕事がわかっている金融とかコンサル系の高給取りで手を打つか、ギリギリまで粘って自分がやってみたいと思えるところを探すべきか）

そう独りごち、仁志起はこっそりと溜息を漏らした。

1

「……というわけで、今年のジャパン・トレックの参加者は百十五名」

　その人数を聞いた途端、仁志起だけじゃなく、そこにいた全員が目を丸くした。

「ひゃ、百十五名？　マジで？」

「最初の募集人数って、もっと少なくなかった？」

「ああ、そうだよ。だけど応募が多かったから追加に次ぐ追加で、それでも、これ以上は無理だって断ったんだ」

　そっけない説明とともに資料のプリントアウトを回されて、学生寮にある狭い自習室に集まった一年の日本人学生たちは口々にぼやいた。

「マジで、オレたちが百人以上のガイジンを引率するのか？」

「しかも一週間でしょ、一週間！」

「毎年、ジャパン・トレックは応募が多いとか、人気があるとか聞いてたけど……本当に百人以上も参加するのか」

そんな嘆きを聞きながら、仁志起は渡された資料の中にあった参加者名簿にジェイクの名前を見つけて、ニヤリと笑ってしまった。参加したいと言っているのは聞いていたが、ちょっと秘密主義の恋人が本当に応募したのか、確認していなかったのだ。

（ジェイクが日本に来るなら、オレんちに招待してあげたいな……きっと古くて狭いし、びっくりすると思うけど）

両親にも早めに連絡しようと、仁志起はジャパン・トレックの日程を確認する。

このジャパン・トレックはＨＢＳの恒例行事だ。毎年、一年生の日本人が企画運営し、日本の文化とビジネスを学ぶために、同期生を案内する研修旅行があるのだ。期末試験が終わったら一週間ほどの日程で、東京、名古屋、京都、広島などの観光地を回り、企業や工場見学をし、経済界の著名人と会ったりするが、毎年大好評らしい。

ＨＢＳには世界中から留学生が来るので、彼らも母国の研修旅行を企画するが、多くは三十名前後の小規模なツアーで、毎年三桁の人数を集めるジャパン・トレックは別格だ。たぶん授業のケースで多くの日本企業が取り上げられるので関心が高いのだろう。

それだけに期待も大きく、企画運営の一年生にはプレッシャーがかかる。

中心となっているスタッフは、授業の予習が大変だった去年からミーティングを重ねて企画を練っていたくらいだ。その頃、あまり手伝えなかった仁志起は、代わりに本番では案内役をメインでやることが決まっている。

なにしろ、外国人ばかりを百十五名も連れ歩くツアーなのだ。

日本人の一年生、総勢十一人を総動員しても、大変なことはわかりきっている。

それだけに春学期が始まって、ジャパン・トレックも近づいてくると、ミーティングの回数も増えてくるが、仁志起の頭の中は他のことでいっぱいだった。

（いい加減、二年になってからの選択授業も決めないとまずいし……そもそも、夏休みのサマーインターンだって、まだ決まってないし）

このミーティングに来る前から、ぐるぐる悩んでいた二年生からの時間割を思い出し、仁志起は溜息を漏らす。

ＨＢＳの一年生は全員が同じ科目を受けるが、二年目は選択制だ。

卒業後の進路を見据えて、学生自身が選べるのだ。もちろん、人気がある教授や科目は希望者が多いから取り合いになるので、さっさと申し込みたいが、いまだ卒業後の進路が定まらず、サマーインターンも決まらない仁志起は選択科目まで頭が回らない。

（……とにかく、まずはサマーインターンだよな、うーん）

ジャパン・トレックのミーティングもそっちのけで、仁志起が心の中で唸っていると、ポンと頭を叩かれた。

「おい、佐藤！　ちっとも話を聞いてないだろう？」

「……あ、すみません、先輩！　まったく聞いてませんでした！」

　バカ正直に答えた仁志起を遠慮なく笑う声が響く中、おそるおそる見上げると、いつも先輩と呼んでいる羽田雅紀から睨まれた。ハンサムだけに、冷ややかな目を向けられると怖い。子供の頃から文武両道の優等生である羽田先輩は、仁志起のあこがれだ。ＨＢＳに留学したのも、武道を始めたのも彼の影響なのだ。

　同じ道場で稽古をしていた頃は、一学年上の彼をいつも先輩と呼んでいたので、今でも敬意を込めて、そう呼ばせてもらっている。

　奥手というよりも、恋愛に対して臆病だった仁志起は一時期、あこがれを通り越し、羽田先輩に恋をしているような気分になっていた。正確には恋に恋をしているような錯覚だったが、仁志起にとっては大切な気持ちだった——そう、いじめられていた幼い自分を当たり前だという顔で平然と助けてくれた先輩はヒーローのようで、自分もいつの日か、そんなふうに誰かを助けたいと思ったのだ。

　しかし、それに気づいた瞬間、先輩への気持ちが恋じゃないとわかった。

　アメリカのボストンまで追いかけてきて、ようやく自分の気持ちに気がつくあたりが、手に負えないほど鈍くて幼稚だと猛省するが、そうであっても、あこがれが高じて恋だと錯覚するほど強い気持ちで先輩を追い続けたことが、現在の自分という人間を形成したと思っている。仁志起にとって、あこがれや尊敬といった感情は何よりも強く自分を動かす原動力なのだ。

（武道や勉強を頑張ったのも……いや、それこそ、ＨＢＳに留学しようと思ったことも、先輩の影響だしな）

そう独りごち、あらためて仁志起は考え込んでしまう。

これまでは先輩の背中を追ってきたが、これからはそうもいかない。

先輩は研究職を目指しているそうで、コンサルティング・ファームや投資銀行よりも、研究機関やシンクタンクに就職を希望しているからだ。

（……まあ、いつまでも先輩を追っかけてるわけにもいかないけど）

そんなことは当たり前だが、長年あこがれていた先輩をもう追いかけられないことに、一抹の寂しさを感じる。たとえ恋じゃないとわかっても、あこがれは消えないのだ。

あれこれと思い悩んでいると再び、先輩から頭を叩かれた。

「もう帰っていい。おまえがいると気が散る」

「えっ……そ、そんなっ！」

仁志起があわてても、先輩は冷ややかに言い放つ。

「どっちにしても、おまえはジャパン・トレックの本番では思う存分こき使ってやるし、二年になったら講演会の企画や運営を押しつけてやるから、さっさとサマーインターンを決めて自分の心配事を片づけてこい」

「……は、はいっ！」

つい道場での稽古のように力一杯に答えてしまうと、先輩は呆れ顔で肩をすくめるし、他の一年生たちも苦笑しながら自習室のドアを開けてくれる。

荷物を抱えて自習室から追い出され、仁志起も苦笑するしかない。

言葉や態度は厳しいが、これは羽田先輩の優しさだろう。

夏期休暇も近づいてきたし、いまだにサマーインターン先を決めていない学生のほうが珍しいのだ。ほとんどの学生が、自分はどこに行く、セクションの誰それはあそこに、と情報交換をしているだけに隠しようがない。それでも、二社、三社と秤にかけて土壇場でキャンセルするような学生もいるらしく、直前に空きが出ることも少なくないというので仁志起も望みを繋いでいるのだ。

学生寮から出ると、バックパックを背負い直して、キャンパスの広場を突っ切りながら仁志起はあらためて溜息を漏らす。ミーティングを叩き出され、時間が空いてしまった。今日は金曜日だし、週末は授業がないので予習にも追われていない。

地獄のようだった秋学期、冬学期に比べると、春学期は授業のやり方にも慣れてきて、予習も効率よくできるようになったせいか、前ほど毎日の勉強はつらくない。というか、HBSはプロフェッショナル・スクール——高度専門職を養成する高等教育機関なので、いかに卒業後にいい仕事に就けるかが重要であり、それだけに就職活動に励めとばかりに授業数が減っているのだ。

(あーあ、家に帰って、なんかテキトーに食べながら就職関係のサイトをチェックして、キャリア・カウンセラーに相談するか)

そう考えようとしても、どんより気持ちが沈んでくる。

ジェイクとフランツは今夜、一緒にどこかに出かける相談をしていたから、まっすぐに帰宅しても誰もいない。このまま、ぐるぐると悩みながら、ひとりぼっちの家に帰るのもつまらないし、キャンパスのスポーツジム、シャッド・ホールに寄って身体(からだ)を動かすか、いや、いっそ家まで走ってやろうか、と考えていると電話が鳴った。

着信を確認すると、ジェイクだった。

しかも通話に出た途端、笑いを含んだ声が聞こえてくる。

『やあ、ニシキ……もしかしたら、スパングラー・センターの前を歩いてる?』

「……へ？　どうして知ってるの？」

自分の歩いている場所を言い当てられ、仁志起が驚いた瞬間、背後からクラクションが聞こえてくる。あわてて振り返ると、キャンパスの道路に見慣れたシェイク・アーリィのリムジンが停(と)まっていた。

仁志起が駆け寄ると、リムジンの窓が開き、ジェイクが笑顔を見せる。

よく見れば後部座席にはシェイク・アーリィやフランツもいて、スタディ・グループのメンバーであるヤスミンやリンダまでそろっている。

「どうしたの？　みんながいるってことは、来週の予習でもするの？」

怪訝な顔で訊くと、一斉に笑い声が上がった。

「予習だったら、ニシキを誘わないはずがないだろう？　講演会に行くんだ」

「ケネディ・スクールでやる講演会にね」

「そうなのよー！　ジェイクとフランツが行くっていうし、ゲスト・スピーカーは殿下の知り合いで、講演会後のカクテル・パーティーにも入れてくれるっていうから、わたしとリンダも便乗したのよ」

簡潔に説明してくれたジェイクとフランツの奥から、ほがらかな笑顔で口を挟んだのはシアトル育ちの中国系アメリカ人であるヤスミン・ラウだ。彼女の横で頷いているのは、アフリカ系アメリカ人とヒスパニック移民の両親を持つリンダ・シェイファー。三十代の彼女はロースクールを卒業後、ビジネススクールに入った才女でもある。

「ニシキも時間があるなら一緒に行かないか？　昨日、ＭＩＴでやった講演に行った人にすごくよかったと教えてもらったんだ」

そう誘いながら、ジェイクはリムジンのドアを開けてくれる。

確かに時間はあるし、講演会にも興味がある。

なにしろ、二年になると日本人学生会が主催する講演会の運営を押しつけられることが確定しているからだ。

　ボストンは世界中から留学生が集まる学生街で、とにかく大学が多いこともあり、常にどこかのキャンパスで著名人を招いた講演会が開かれている。大学や企業だけじゃなく、学生の団体が企画するものも多いし、ゲストも有名人ばかりではなく、成功した卒業生を招くことも少なくない。どれも無料で、お土産をくれたりするし、講演会の後で懇親会やパーティーがあり、大切な社交の場にもなっているのだ。

　それに、ケネディ・スクールはチャールズ川の向こう岸にあるご近所だ。のんびり歩いたとしても十五分ほどで、わざわざ車で行くような距離でもなかったが、ぐるぐる思い悩むばかりの自分にうんざりしていた仁志起は、誘われるままにリムジンに乗り込んでから訊ねた。

「ケネディ・スクールとかＭＩＴで講演するようなゲスト・スピーカーって誰？　殿下の知り合いなら王族？　だったら地球規模の問題を扱う非営利団体とか？」

　仁志起が当てずっぽうで推測すると、後部座席に座っていた全員が拍手や口笛で応じ、奥にいたシェイク・アーリィが笑顔でウインクを投げてくる。

「素晴らしい、ニシキ！　すべて正解だ」

　拍手喝采にキョトンとする仁志起に、ジェイクが笑いながら教えてくれた。

「すごいな、ニシキ。これから行く講演会のゲスト・スピーカーは、まさに王族関係者で地球規模の環境問題に取り組むＮＧＯ団体の代表なんだよ」

「……ということで、本日、集まってくれた学生諸君、本当に感謝している。これからも我々が率いるIEPO――［国際環境計画］と、ありのままの大自然を守るための活動に関心を寄せてくれることを願って」

そう言うと、壇上に立つ壮年の紳士は、かたわらに寄りそう美しい奥方を抱き寄せて、乾杯のグラスを高々と掲げる。

講演会が終わった後、場所を改めて開かれたカクテル・パーティーは、輝かしい経歴を持つゲスト・スピーカーのせいか、集まった学生たちもどことなく華やかだ。

仁志起はキョロキョロと珍しげに周囲を見回しながら言った。

「いやー、ホントにいい講演だった。ジェイクに誘ってもらってラッキーだったな」

「こちらこそ、そんなに喜んでもらえると誘った甲斐があったよ……ニシキが環境問題に興味があるとは知らなかったけど」

そう答えながら笑うジェイクを見上げて、仁志起は恥ずかしそうに頭を掻く。

「うん。確かにオレ、今まであんまり真剣に考えたことがなかったかも……だからこそ、勉強になったよ。つーか、今日の講演、めっちゃ熱かったし」

確かに熱かったな、だよねー、と囁きつつ、二人でグラスを片手に笑い合う。

今夜のゲスト・スピーカーであるフィリップ・ドゥ・ブリュサック氏は、フランス人の環境保護活動家だ。もともとは写真家だが、撮影で訪れる世界各地で危機的な状況にある自然環境を目にして、このままではいけないと立ち上がったらしい。

現在では貴重な自然が残る途上国に対し、環境保護を組み込んだ開発計画や経済政策を提案するNGO団体［国際環境計画］——通称・IEPOを設立し、妻とともに精力的に活動している。今夜の講演にしても、中東の政府系ファンドで資金を調達し、貧困対策に取り組む計画に協力を呼びかけていた。まずは世界の人々を貧しさから救わないと自然の大切さにも目が向かないということなんだろう。

しかも写真家として、さまざまな土地を訪ねた彼は、自分の目や耳、肌で感じたことを自らの言葉で力強く訴えかけるので、その熱意が痛いほど伝わるし、熱弁を奮われた後で展示された彼の写真を見ると、さらに胸に刺さる。

砂漠化が進み、草木が育たなくなった荒れ地。酸性雨で枯れてしまった赤茶色の森林。黒い油膜で汚れた海岸にうずくまる海鳥——どの写真からも彼の嘆きが聞こえる。だが、彼は嘆くだけでは終わらせなかった。大きくロゴが入ったパネルには、IEPOの活動が紹介されている。企業と連携して井戸を掘って、オアシスを甦らせるために植樹を続けるプロジェクトでは、谷間の水辺で遊ぶ子供たちの笑顔がまぶしいくらいだ。

その他にも、ずらりと並ぶパネルには中東やアフリカ、インドで取り組んでいる大小のプロジェクトが紹介され、どれもが支援や協力を募集中だ。確かに悲惨さを嘆くだけでは何も変わらない。彼は行動を起こし、結果を出し、さらなる成果を上げようとしていて、その熱意に圧倒されるばかりだ。

「そういや、ジェイクがあこがれてる就職先の……えっと、世界銀行だっけ？　あそこも世界の貧困を減らそうとしてるんだよね？」

展示パネルを眺めていた仁志起が、ふと思い出して訊ねるとジェイクは頷いた。

「ああ。アフリカやインドの案件でＩＥＰＯと提携中のプロジェクトもあるはずだ」

「やっぱり？　だから、ジェイクは今夜の講演を聴きに来たんだ？」

「ご名答。サマーインターンで、インドの案件をまかせてもらえるって話もあったから、ちょうどいいと思ってね」

ジェイクはさりげなく答えるが、仁志起は聞き逃さなかった。

「……ってことは、サマーインターン決まったんだ？」

「鋭いな、ニシキ……今夜、帰ったら話そうと思ってたんだけど」

間髪入れずに問い返した仁志起に、照れたように笑いながら頷いたジェイクの背後から耳ざとい女性陣が割り込んでくる。

「まあ、ジェイク！　サマーインターンが決まったの？」

「開発系は遅いから心配してたのよ！　それで結局、どこになったの？」

「どこにしたって、世界銀行系列なんでしょ？　国際復興開発銀行(IBRD)か、国際金融公社(IFC)か、国際開発協会(IDA)か……」

リンダとヤスミンが矢継ぎ早に問いかけると、ジェイクは笑いながら頷く。

「第一志望のＩＦＣだよ」

「おめでとう！　よかったじゃない！」

「念願の途上国開発への第一歩ね、頑張ってきて！」

お祝いを口々に告げつつ、グラスを打ち合わせて乾杯をする女性陣の後ろで、仁志起もグラスを掲げる。国際金融公社は世界銀行グループの一機関で、ソーシャル・ビジネスを志すジェイクには、もっとも魅力的なインターン先だろう。

「ホントにおめでとう、ジェイク。第一志望に採用されてよかったね」

「ありがとう、ニシキはどう？　もう決まった？」

「い、いや、実はまだ……」

さりげなく問い返され、仁志起の顔は強張(こわば)った。いい加減に決めないとまずいだけに、めちゃくちゃ焦っているとは答えにくい。

するとと女性陣のにぎやかな祝福の声が聞こえたのか、シェイク・アーリィとフランツも近づいてくる。

「ジェイク、サマーインターンが決まったって？」

「おめでとう！　ＩＢＲＤかい？　それともＩＦＣ？」

「ＩＦＣだ」

　ジェイクの返事を聞き、シェイク・アーリィとフランツはそれぞれ手を上げて、笑顔でハイタッチを交わす。金髪で長身の三人が並ぶと、その場は一気に華やかになった。

　なにしろ彼らはキャンパスで［金髪の三角形］を略し、デルタＢというニックネームで呼ばれている有名人だ。会場に設けられているパネル・コーナーに彼らがそろった途端、誰もがチラチラと振り返り、あっという間に注目を集めてしまう。

　すると、今夜の主役であるゲスト・スピーカー、ブリュサック氏まで金髪美女の奥様と近づいてきて、親しげに声をかけてくる。

「やあ、シェイク・アーリィ！　今夜はお出ましいただいて光栄だよ」

「お久しぶり、殿下。先週、お母さまにお目にかかったわ」

「こちらこそ！　フィリップ、とても勉強になりました。そして、プランセス・アンヌ、ごぶさたしています。そのおかげで母上から、お二人がボストンに来るので講演には必ず顔を出すように命じられたんですよ」

　シェイク・アーリィはにこやかに答えながらブリュサック氏と握手を交わし、奥様とは抱き合って頰にキスを交わすと、仁志起に向かってウインクをする。

「彼女は母の友人で、フランスの名門貴族の出身でね。世が世なれば、一国の王女という血筋もあって「アンヌ王女(プランセス・アンヌ)」と呼ばれてるんだ」

そう説明してもらって、なるほど、だから王族関係者なのか、確かにさりげなく優雅で高貴な雰囲気のある美女だもんな、と仁志起が納得している横で、シェイク・アーリィはブリュサック夫妻を振り返った。

「ここにいるのは、わたしがＨＢＳで一緒に学んでいる優秀な友人たちです。アメリカが世界に誇るべき麗しい才女が二人、イングランドの伯爵にドイツの御曹司……それから、日本のサムライです」

すると紹介を聞いたブリュサック氏は目を丸くして口笛を吹き、プランセス・アンヌは手を叩いて、サマライ、サマライと感激しているが、その発音が違う。脱力した仁志起は思わず、恨みがましい視線を美貌(びぼう)の皇太子に向けてしまった。

「……殿下、サムライじゃないですよ、オレ」

「おお、すまない。ニンジャだったか?」

「ニンジャでもありません!」

口を開くたびに力が抜ける仁志起の頭上では、黒帯ってサムライなんでしょ、違うわ、ニンジャよ、サムライとニンジャは違うのか、とトンチンカンな疑問が飛び交い、さらに脱力してしまう。しかも親日家だから正しい知識を持っているはずのフランツまで全開で笑っていて、ちっとも援軍にならない。というよりも、どうして黒帯だったらサムライとニンジャの二択なんだよ、と立ち直れない。

　だが、アメリカが誇るべき才女なんて大げさな紹介をしてもらい、リンダとヤスミンは大喜びだ。プリンス・パーフェクト、アラビアの貴公子、世界でもっとも有名なアラブの王族――いくつもの輝かしい枕詞を持っているシェイク・アーリィはモテるだけあって女性を喜ばせるのが本当にうまい。

　仁志起が呆れるのを通り越し、ある意味、感心していると、ジェイクに挨拶をしていたプランセス・アンヌが、ふと気づいたように言った。

「……まあ！　ハーディントン伯爵なら、ノーザンバー公爵のご長男よね？　だったら、お母さまのレディ・アイリスにお目にかかったことがあるわ。お嬢さまのレディ・エマとＩＥＰＯのチャリティー・イベントに来てくださったことがあって」

「母や姉もＩＥＰＯの活動には興味があるし、是非、協力したいと思っているはずです。ノーザンバー公爵家の人間は誰もが環境保護に強い関心を持っているので」

　礼儀正しく答えるジェイクの横で、仁志起は首を傾げる。冬期休暇で英国を訪れた時、ジェイクの両親――ノーザンバー公爵夫妻にも会っているが、ごく普通の上品な人たちで環境保護に強い関心を持つ、それこそ活動家のような印象は受けなかったのだ。すると、よっぽど怪訝な顔をしていたのか、ジェイクが説明してくれる。

「ニシキも来たから知っていると思うけど、うちのカントリーハウスは大きくて古いし、敷地も広いだろう？　あれを、あるがままの姿で維持するのは大変なんだ」

そう言われ、仁志起は頷いた。確かにそうだろう。

なにしろ、ジェイクは簡単にカントリーハウスと言うが、ノーザンバー公爵家の居城、ノーザンバー・カースルは十四世紀まで遡れるような歴史がある古い要塞なのだ。

まさに映画のセットやテーマパークのような古城であり、現在は観光地にもなっている歴史的建造物が個人所有ということに驚いたほどだ。だから維持が大変だと言われたら、納得するしかないというか、どう考えても大変に決まっている。だが、それが環境保護とどう関係するんだろう？

「お城を維持するのが大変だから、環境保護にも興味を持ったってこと？」

「ああ。ノーザンバー・カースルを維持していくために、曾祖父や祖父の代にものすごく苦労したらしくてね。その時に公爵家に力や知恵を貸してくれたのが、非営利や非政府の自然保護団体やソーシャル・ビジネスの事業団体で」

彼らの力添えもあって、もっとも広かった頃の半分くらいに領地は減ったが、それでもノーザンバー・カースルや、その周辺の景観は今も変わることなく維持されてるんだ、とジェイクは誇らしげに教えてくれる。その表情から、公爵家の領地や城に対しての愛情を感じるし、それらを守るために協力してくれた人々への感謝も感じる。

そういうのっていいな、と思いながら仁志起は呟く。

「……そっか。だから、ジェイクはソーシャル・ビジネスを志したんだ？」

「そういうことになるかな。わかりやすくて申し訳ない」

ジェイクは照れたように肩をすくめる。

だが、わかりやすい単純な動機だからといって、謝る必要なんてないだろう。

むしろ、シンプルな動機は、それくらい強い気持ちで選んだことが伝わってくるから、仁志起には悪いと思えなかった。

「全然いいじゃん、わかりやすくても……だって素晴らしい仕事だと思ったから、自分もやりたくなったってことなんじゃないの？」

仁志起が問い返すと、ジェイクは青い目を見開いて、嬉しそうに微笑んだ。

「ありがとう、ニシキ。まあ、つまり、そうなんだ……祖父から領地や資産を守るために苦労した話を聞かされて、そんな時に協力してくれた人々がいて、とても有り難かったと聞くうちに、今度は自分が困っている人の役に立ちたいと思ったんだ」

そんな仕事に就きたいと調べるうちに、ソーシャル・ビジネスや途上国開発を知って、もっと勉強したくなってＭＢＡ留学を思いついて、このＨＢＳに来たんだ、とジェイクは話してくれる。

すると、それを聞いていたプランセス・アンヌが手を叩きながら微笑んだ。

「素晴らしいわ。まさにノブレス・オブリージュね」

「ただの恩返しですよ」

ジェイクは謙遜（けんそん）しているが、仁志起は全力でプランセス・アンヌに頷いていた。

プランセス・アンヌが口にした「ノブレス・オブリージュ」とは、高い身分には義務や責任が伴うという考え方で、王侯貴族など高貴な地位にある者は、それ相応のふさわしい行いをしなければならないという欧米の道徳観だ。

もちろん、名門公爵家の跡取りであるジェイクならば、ノブレス・オブリージュなんて呼吸をするように当たり前に馴染（なじ）んでいる考え方かもしれない。でも考えるだけでなく、行動しているところが立派だ。しかも、もっと勉強したくなって選んだ場所が、世界でも名高いハーバード・ビジネススクールであり、さらにはちゃんと合格して、優秀な成績を取り続けるなんて並大抵の努力でできることじゃない。

「ジェイクはすごいな。オレも子供の頃、人から助けてもらったことがあって……それが嬉しかったから自分も同じように人を助けたいって思ってたけど、それを職業にしようと考えたことはなかったよ」

オレって視野が狭いっていうより頭が固いんだろうな、と独り言を呟きながら仁志起が反省していると、ジェイクは眼鏡の奥の青い目を瞬（またた）かせた。だが、口を開こうとした時、シェイク・アーリィが横から割って入ってきた。

「ニシキ。だったら、サマーインターン先も、まだ決まっていないんだろう？　いっそ、ＩＥＰＯに行ってみるのはどうだ？」

「……ええっ？　オレがＩＥＰＯに？　サマーインターンで？」

「ああ。ＩＥＰＯはいつでも人手不足だし、スタッフを募集しているはずだ」

驚いた仁志起が目をまん丸にしていようと、シェイク・アーリィの無茶振りな提案に、ブリュサック夫妻も乗ってくる。

「それは素晴らしいアイディアだわ、殿下！」

「ああ、ＩＥＰＯの本部はパリにあるので、スタッフがほとんど欧米出身なんだ。だからアジア出身の人材が欲しかったんだ。それに日本人は有能で働き者だというし、その上、サムライなら大歓迎だ」

「あ、ありがとうございます……お申し出は、と、とっても光栄なんですが」

どうしてそんなに乗り気なんだよ、ろくに知りもしない学生相手に、と戸惑うばかりの仁志起に、ブリュサック夫妻はにこやかに微笑みかける。

「卒業後の就職も考えてもらいたいな。なにしろ、シェイク・アーリィのお墨付きなら、他の誰よりも信用できる」

「ええ、殿下が滅多な人を薦めるとは思えないもの」

そんな言葉を聞き、仁志起は思わず、シェイク・アーリィを見上げた。

プリンス・パーフェクトは、その母親譲りの類い希なる美貌に微笑みを浮かべながら、意味ありげなウインクをしてくる。つまり、サマーインターンの行き先を決めかねている仁志起に、さりげなく援護射撃をしてくれたらしい。

有り難いと思うと同時に、身が引き締まるような気分になった。

誰よりも信用できると言われるような人から、お墨付きをもらうプレッシャーだ。

それでも、シェイク・アーリィから推薦してもらえるほど信頼されている、と思ったら嬉しくなってしまう。これも縁だし、二年目の学費が払えるだけの給料をもらえるなら、ブリュサック夫妻が率いるＩＥＰＯで働くのも、いい経験かもしれない。

とんでもない無茶振りではあったが、予想外の誘いを前向きに考えようかと思った時、フランツが口を挟んできた。

「ちょっと待って。日本では金融系で働いていたニシキが、いきなり非営利とか非政府の組織で働くのはハードルが高くないか？」

「そ、そう？　そうなのかな？」

「もちろん、金融系から開発系って、ない話じゃないけどね」

「確かに、ちょっと勝手は違うかもしれないな」

フランツが物言いをつけると、ジェイクも腕を組みながら頷いた。だが、動揺している仁志起の肩を励ますように叩いて、シェイク・アーリィは平然と笑い飛ばす。

「いいじゃないか、まったくの異業種に挑戦するのも」

「まあ、殿下の場合は何に挑戦しても異業種だが」

無責任な無茶振りを責めるように、ジェイクが冷ややかに言い返した。確かに、王族がビジネススクールに入り、コンサルティング・ファームでサマーインターンをするなんてまさしく異業種への挑戦だな、と仁志起も納得してしまう。

するとフランツがさらに言った。

「異業種に挑戦というなら、いっそのこと、ニシキは僕と一緒にバーガーズの北米支社でサマーインターンをしないか？」

「……バ、バーガーズで？　オレがフランツと一緒に？」

仁志起が唖然（あぜん）としても、フランツは笑顔で頷く。

「ああ。僕の推薦があれば、書類を出すだけで採用になるよ。小売業種だけど高給だし、ニシキだったら喜んで推薦する」

うおー、すげえ、創業者一族の御曹司のお墨付きってか、これこそ正真正銘のコネだと心の中で叫んでしまった仁志起だったが、シェイク・アーリィもフランツも滅多な相手を推薦するような人間には見えない。それはつまり、彼らが今までの仁志起の行いを見て、信頼してくれたということなんだろう。

そう思ったら嬉しいというか、めちゃくちゃ感動してしまった。

基本的に単純だし、人の役に立つ仕事をしたいというより、彼らの信頼に応えるような仕事をしたいと思ってしまう。

（というか、業種がどうこうっていうより……オレは親しい人からの信頼や人間関係で、やる気が刺激されるタイプなのか）

そう独りごち、仁志起はあらためて自分という人間について考える。

バンク系の証券会社にいたし、ビジネススクールへの求人がもっとも多いから金融系を中心にサマーインターン先を探してみた結果、行き詰まってしまったのだ。それならば、むしろ異業種であっても、自分という人間を知っている人が——いや、自分という人間を評価してくれる人が勧める仕事をやってみるのも、いいんじゃないだろうか？

渡りに船っていう言葉もあるからな、と仁志起が腕組みをしながら考え込んでいると、ジェイクが声をかけてくる。

「……ニシキ、殿下やフランツからの誘いを真剣に検討してる？」

「あ、ああ……まあ、せっかくだし」

仁志起がどことなく舞い上がった口調で答えてしまうと、ジェイクは意味ありげな目を向けてくる。なんというか、責められているような視線だ。どうして、と問い返すように見上げれば、ジェイクが意を決した顔で口を開いた。

「黙っていたら、あとで後悔しそうだから言っておく」

「……んん？」

「僕がサマーインターンに行くＩＦＣだけど」

「うん？」

「実は欠員があって再募集が出てる」

ジェイクの言葉に、仁志起は目がまん丸になった。

「け、欠員？」

「そう、この時期の欠員だから応募者も限られるだろうし、すでに決まっている学生にもいい人材がいれば推薦してくれって頼まれてて……」

どことなく歯切れが悪いジェイクは、チラリと仁志起に青い目を向けると、苦笑気味に続けた。

「ニシキを誘いたいと思ったけど、開発系に興味があるのか、わからなかったし……でも異業種に挑戦するつもりがあるなら……いや、それより、僕が一緒にやってみたいから、よかったら応募してみないか？」

そんなふうに誘われ、仁志起はまじまじとジェイクを見つめ返す。

「オレが？　ＩＦＣに？」

「ああ」

頷いたジェイクは照れたように顔を背けると、眼鏡の位置を直しながら言う。

「いや、はっきり言うよ。ＩＥＰＯやバーガーズでサマーインターンをするぐらいなら、僕と一緒にＩＦＣで働いてみないか？」

「うん！」

仁志起は考える間もなく頷いていた。なにしろ、今さっき自分は親しい人からの信頼でやる気が刺激されるタイプだと自覚したばかりだし、ジェイクが誘ってくれる仕事なら、やり甲斐だけは保証されている。

だが、あまりにも迷いなく即答したので、ジェイクのほうが驚いていた。

その顔を笑いつつ、仁志起はきっぱりと言った。

「ＩＦＣの欠員募集に応募してみる。ＩＥＰＯやバーガーズも魅力的だけど、ジェイクの誘ってくれたＩＦＣのほうが、もっと魅力的だから！」

そう答えると、いきなり背後から次々と声をかけられた。

「まあ、すごい！　サマーインターンとはいってもＩＦＣの欠員募集なんて、ヘタするとＨＢＳに入るよりも狭き門よ。大挑戦ね！」

「だけど、ニシキって途上国開発に向いてるかも……もちろん、すごく大変な仕事だけど根性だってあるし、打たれ強いし」

ヤスミンとリンダが、にこやかに笑いながらプレッシャーをかけてくると、フランツやシェイク・アーリィまで口を挟んできた。

「健闘を祈るよ、ニシキ。でも、ダメだったら、いつでも僕に言ってくれ。バーガーズでサマーインターンができるように取り計らうから」

「ああ、わたしも協力するぞ。ＩＦＣに入れなくても、ＩＥＰＯがあるからな」

口々に励ましなのか、脅しなのか、はっきりしない言葉をかけられながらも、仁志起はさっそくスマートフォンを取り出して、ＩＦＣのサマーインターンについて調べていた。採用されたかったら、やるべきことは山のようにある。時間がいくらあっても足りない。一年の締めくくりとなる期末試験も控えているし、それが終わればジャパン・トレックで帰国しなければいけない。

（ジャパン・トレックの頃には、サマーインターン先が決まってるといいなあ……いや、決まってなかったらヤバいか）

そう独りごち、とにかく頑張ろうと決意した仁志起だった。

2

「……えっ？　そろってないの？　集合時間はとっくに過ぎてんのに！」

仁志起が人数を確認しながら青褪めると、集合場所であるホテルのロビーに異口同音の日本人学生たちの叫びが響き渡った。

初っ端からこれかよ、と天を仰ぎたくなる。

ＨＢＳの恒例行事、ジャパン・トレックは始まったばかりだ。

現地で集合、解散という研修旅行なので、昨日の夕方、成田空港に到着した学生一行は事前にチャーターした大型バスで宿泊先となる品川のホテルに移動したが、ボストンから約十三時間半という長距離フライト組がほとんどなので、疲れもあるだろうと夜は夕食をかねた歓迎会的なキックオフ・パーティーだけでお開きになった。

しかし、元気があり余っている学生たちは客室には戻らず、次々と夜の街に繰り出し、準備に追われて寝不足だった幹事団まで、ラーメンが食べたい、カラオケしたい、というオーダーに深夜まで応じる羽目になったのだ。

そして、夜が明けて、二日目——観光的には初日だが、宿泊先であるホテルのロビーに集まった参加者は全体の七割程度だろうか。事前の説明会でも、昨晩のパーティーでも、幹事団から集合は時間厳守、決められた時間までに来なかったら問答無用で置いていくと繰り返されたにもかかわらず！

その上、五分待っても全員がそろわず、幹事団の無力感ＭＡＸだ。

とにかく点呼をして、ロビーで邪魔になっている学生たちを移動のバスに誘導すると、幹事団リーダーの羽田(はた)先輩が仁志起を呼んだ。

「佐藤(さとう)、ちょっと来て！」

「はいっ！」

そう、なんと羽田先輩はジャパン・トレック幹事団のリーダーなのだ。

一年生の日本人で構成されている幹事団だが、去年から企画運営を行っていた中心的なスタッフで、ジャンケンをした結果、押しつけられたらしい。

早く、早く、と急(せ)かされ、仁志起があわててホテルのエントランス前にある車寄せから幹事団が集まっているロビーに駆け戻る途中、バスの窓から手を振るジェイクに気づき、思いっきり手を振り返した。

よく見れば、その隣でヤスミンも笑いながら両手を振っている。

スタディ・グループのメンバーでは、ジェイクとヤスミンが参加しているのだ。

ただ、仁志起は成田空港の出迎え係ではなかったので、夜のキックオフ・パーティーでちょっと話ができただけだった。というか、メールとかSNSのメッセージをもらっても返事をするヒマもないのだ。

期末試験が終わった直後から幹事団のミーティングがあり、スケジュールの最終確認や変更に追われ、その間を縫うようにIFCのサマーインターンの面接を受けて、ようやく帰国できたのは一昨日だ。

おかげで、ほぼ一年ぶりの日本なのに実家には顔を出しただけで、幹事団用に用意したホテルのスイートルームで最後の調整だけでなく、最終日に行う宴会用パフォーマンスの練習をさせられ、寝落ちしても蹴り起こされるような惨状だった。

（つーか、マジで幹事団ってめっちゃ忙しくて、昨日から駆けずり回ってるってゆーか、アゴでこき使われてるってゆーか……）

そう独りごちた瞬間、ロビーから急かされる。

「佐藤2！　ミーティングができないだろう、さっさと来いよ！」

「本番でこき使ってくれていいって言ったのは誰だ！」

「はーい、オレでーす！　すいませんっ！」

日本人の一年生に佐藤が二人いるせいで、佐藤その2と呼ばれていた仁志起だったが、いつの間にか省略され、佐藤2になっているのだ。

苦笑気味の仁志起が言われ放題になりながらもあわてて駆け寄ると、あらためて時間を確認していた羽田先輩が口を開いた。

「あと十分で出発なんだが、八名足りない」

「時間厳守だと念を押したんだ。置いていってかまわないだろう」

「だけど、ジャパン・トレックは実質的に今日が初日でしょ？　いくらなんでも厳しいと思う。温情を見せたほうが、明日はちゃんと守ってくれるんじゃない？」

「いや、時間を守った参加者が待たされるのは不公平だよ」

「いっそのこと、ペナルティをつけるか」

幹事団のメンバーである日本人学生たちが、それぞれに自分の意見を述べる。どれも、もっともだと思うので、うんうん、と仁志起は頷くばかりだ。

今日はバス移動が中心となる東京観光だし、時間厳守は当然だろう。

定番コースの東京タワーから皇居前広場、国会議事堂の見学、遅めの昼休みにホテルのランチブッフェを挟み、午後は浅草寺参拝と仲見世散策、東京スカイツリーを眺めてから両国国技館で相撲を観戦し、夕食は屋形船という分刻みのスケジュールだ。

時間厳守じゃなかったら回りきれない。

ただ、初日から置いてきぼりなんて、いくら自業自得であってもかわいそうだ。

そう考えていると、羽田先輩があらためて言った。

「だったら多数決で決めよう。遅刻者を待つか、待たないか」

「わたし、今日だけは待ってもいいと思う」

真っ先に口を開いたのは、紅一点の千牧亜子(ちまきあこ)だ。

ちまちゃん、と呼ばれている彼女は一年生の日本人の中では唯一の女性だが、きれいに巻いた髪をハーフアップにして、スカイブルーのシャツ・ワンピースを颯爽(さっそう)と着こなした外務省からの官費留学というエリートでもある。

「オレも待ってもいい」

「僕も」

そう言いながら次々と手を挙げた二人は、日本人離れしている体格のいい長身のほうが在米生活十二年の天城隆司(あまぎりゅうじ)で、もう一人の目鼻立ちの整った物静かな美青年は中江純(なかえじゅん)。どちらも、ジャパン・トレックのミーティングで頻繁に会うようになるまで、仁志起とは接点の少なかった同期生だ。

「それじゃ、オレも待ってあげるに一票」

彼らから遅れ、おっとりと挙手したのは、少々メタボ気味で小太りの渡利賢司(わたりけんじ)。のほほんとしている人のよさそうな雰囲気のせいか、わたりん、とゆるキャラのようなニックネームをつけられているが、一年生ではただ一人、奥様連れで家族向けの寮に住む既婚者だし、総務省からの官費留学なので未来の事務次官かもしれない。

「千牧、天城、中江、渡利……で四票かな」

羽田先輩が数えると、スッと一人が手を挙げる。

「オレは、どっちでもいいに一票」

「え？　そういうのもアリか？　だったら、オレもそれで」

先に言ったのは黒河芳明、便乗したのは橘芳也。どちらも長身のイケメンだ。

切れ長の目が鋭い黒河は社費留学で、日本屈指の二輪車メーカーであるカシマ発動機の入社試験でトップだったという。橘のほうは与党幹部の大物政治家の孫であり、金持ちのボンボンだ。というか、自らそう名乗っている。そんな明るくて大らかな性格のせいか、どことなく憎めない。

「はい、はい！　オレは待たないに一票！」

「あ、オレも待ちたくない」

「オレも」

一方、次々と反対を表明したのは商社マン組だ。

佐藤1と呼ばれている仁志起と同じ名字の佐藤伊知郎は大手総合商社からの社費留学、二人目の榊原千彰は日本最大手の鉄鋼メーカー系列の商社出身で、三人目の海堂慧一は石油関連会社の跡取り息子で、ルーツを遡ると先祖は九州の大名に仕えた筆頭家老という由緒ある家柄らしい。

とりあえず、待つ派が四人、待たない派が三人、どちらでもかまわない派が二人という微妙な状況になったせいか、残った一人に自然と視線が集まると、リーダーの羽田先輩がみんなを代表するように訊(たず)ねた。

「佐藤はどっち?」

「……え、えーっと、オレは」

全員の視線が痛くて、居心地が悪くなった仁志起は口ごもる。

しかも、そんな相談をしている間も、遅刻した参加者がパラパラとロビーにあらわれ、旅行代理店の添乗員がバスまで誘導してくれたが、結局、出発する時間になっても二名があらわれなかった。

「仕方がないな。幹事団から一人残って、足りない二人をピックアップして、タクシーで追いかけてくることにしないか?」

リーダーの羽田先輩からの提案に反対の声は上がらなかった。

初日だし、大目に見るしかないということだろう。

では誰が残るか、という相談を始めた時、出発時間なのに待機中のバスから降りてくる学生がいる。しかも、よく見ればジェイクとヤスミンだ。

びっくりした仁志起は、ロビーに戻ってきた二人にあわてて駆け寄った。

「どうしたんだよ、二人とも! もう出発だよ!」

「ああ、ニシキ。ヤスミンが忘れ物をしたっていうから……」

「ごめんね、カメラのレンズを間違えちゃったの！　ジャパン・トレックのために新しいカメラをわざわざ買ってきたのに！」

「しょうがないな。わかったよ、いいから早く取ってこいよ！」

仁志起が急かす横で、ホテルのロビーを血相を変えながら猛スピードで駆け抜けていく外国人がいる。見覚えのある顔だし、正面玄関を出るとバスにまっすぐ走っていくので、どうやら遅刻者二名のうちの片方らしい。

だとすると、いまだに降りてこない参加者は一名だ。

エレベーターをのんびり待っているヤスミンとジェイクに溜息をつき、背後でざわつく幹事団を意識しつつ、仁志起は肩をすくめると勢いよく手を挙げた。

「羽田先輩、オレがここに残ります！　遅刻者一名と、さっき降りてきた二人を連れて、タクシーで追いかけます」

「……え？　最後の一人って、アシュなの？　アシュウィニ・ウィマラスリは、わたしのルームメイトよ」

ようやく降りてきたエレベーターに乗り込み、仁志起が遅刻者を迎えに行くと話すと、ヤスミンが笑いながら教えてくれた。

しかも、名前に覚えがあると思ったら、彼女はインターナショナル・ウィーク最終日のショーで見事なインド舞踊を披露して、最優秀賞に輝いたインド美人だった。彼女の故郷の島が災害に遭い、学生たちの間で義援金を送ろうという話になり、去年のクリスマス前にチャリティー・オークションをしたことも記憶に新しい。

「なんだよ、ヤスミン。同室なら一緒に来ればよかったのに」

「だって、アシュ、朝は食べないっていうから」

わたしは朝食ブッフェに行って、ジェイクと会ったから一緒にバスに乗り込んだの、と口唇(くちびる)を尖(とが)らせて説明するヤスミンの横で、ジェイクが肩をすくめる。

「朝食を食べながら、さんざん新しく手に入れた超小型のウェアラブル・カメラの性能を自慢していたのに、バスの中で突然、レンズが違うって叫んだんだ」

「なんだそれ、迂闊(うかつ)だな」

「……わたしもそう思うわ。ジャパン・トレックっていうか、今日の東京観光で使うのを楽しみにしてたから舞い上がっちゃったみたい」

素直に反省され、仁志起はジェイクと顔を見合わせて苦笑するしかない。

ともかく、エレベーターを降りると、ヤスミンは客室に向かいながら仁志起に訊ねた。

「そういえば、アシュは部屋にいるのよね？」

「たぶん……っていうか、連絡先になってる携帯にかけても出てくれなくって、メールやSNSも応答なしで、まったく連絡が取れないんだよ」

「あら、どうしたのかしら？」

ヤスミンは廊下を歩きながら首を傾げつつ、カードキーを取り出した。

その後ろをついていく仁志起も、ふと隣にいるジェイクを見上げて首を傾げる。

「……そういや、ジェイクはなんでいるの？」

「ヤスミンを一人で行かせるなんて紳士の名折れだし」

「へえ？　さすが英国紳士だね」

イギリスってレディファーストの本場だもんな、と仁志起が素直に感心していると、ジェイクは青い目を見開いて少々意外そうな表情で答えた。

「今の返事、真に受けた？」

「……ん？　どういう意味？　真に受けたって？」

「言葉の通りだよ」

余計に意味がわからなくなった仁志起が首をひねっても、ジェイクは肩をすくめつつ、さっさと先に行ってしまう。わけがわからない仁志起が困惑しているうちに、ヤスミンがドアを開けて部屋に入っていく。

「……アシュ？　いないの？　昨日の夜、絶対に遅刻しないって言ってたくせに、あなた置いていかれちゃったわよ」

　そんなふうに呼びかけた後で突然、女性の泣き声が聞こえて、ドアの前で待機していたジェイクも驚いて、あわてて駆け寄ってくる仁志起を振り返った。

「ど、どうしたの？　この泣き声、アシュウィニさん？」

「……おそらく」

　ジェイクは女性の部屋ということもあって、コンコンと開いたままのドアをノックして様子を窺うが、仁志起はためらわずに踏み込んだ。もちろん、紳士的ではないだろうが、緊急事態だ。大目に見てもらいたい。

「えーと……アシュウィニさん？　だいじょうぶ？　っていうか、失礼します。幹事団の佐藤仁志起です。ヤスミン？　ねえ、ヤスミン、どうしたんだよ？」

　そう声をかけながら人の気配がするバスルームを覗き込むと、大きな鏡の前で泣き伏す黒髪の女性をヤスミンが抱き起こしている。あざやかなオレンジのタイトなワンピースは気の毒なほどしわだらけだ。

「アシュ？　ねえ、どうしたの？　ニシキやジェイクも心配して来てくれたのよ」

「……あ、ああ、ヤスミン！　ダメなの、わたし、もうダメ……」

「ダメって何がダメなの、アシュ？」

問い返された途端、彼女はヤスミンにすがりついて大声で泣きわめく。

仁志起と目が合うと、ヤスミンも困ったように肩をすくめる。

ともかく、ツインの客室のバスルームなんて何人も入るような場所ではなかったので、仁志起も手を貸してアシュウィニを抱き起こし、窓際のソファに座らせると、ジェイクが彼女の前にティッシュボックスを置いた。

「落ちついて、まず涙を拭いて」

「そうよ、アシュ。目が真っ赤じゃないの」

ヤスミンが気遣うように言っても、泣き声はまたまた激しくなる。

これではお手上げだと、三人で顔を見合わせるしかない。

ケガをしているようでもないし、両手で顔を覆ったままで泣きじゃくっている彼女に、仁志起が途方に暮れていると、ふと思いついたようにジェイクが言った。

「ひとまず、お茶でも淹れないか？　彼女もあれだけ豪快に泣いているんだ。水分補給がしたくなるだろう」

そんなもんだろうか、と仁志起は首をひねった。それでも、アシュウィニはヤスミンにまかせて、ルームサービスよりも早いと思い、仁志起は部屋のミニバーに用意されている電気ケトルを手早くセットした。

そういや、ジェイクって何かというとお茶だな、とこっそり微笑む。

思い返してみると、仁志起が目覚めたら、ジェイクがお茶を淹れてくれた経験が何度もあるのだ。一緒にお茶を飲みながら、あれこれと話を聞いてもらったことを思い出すと、自然と口元が緩んでしまう。

ただ、当のジェイクは気にかかることでもあるのか、バスルームに戻っていく。

とりあえず、仁志起は急いでスマートフォンを取り出し、ジャパン・トレック幹事団の連絡用SNSにメッセージを書き込んだ。

遅刻者無事確保、続報を待て、と必要最低限の情報だったが、よかった、待ってるよ、さっさと来い、マッハで合流しろ、と次々と返信スタンプがつく。東京タワーを真下から見上げているような画像もつけられ、先発隊は無事に到着したとわかった。

できるなら、彼らが東京タワーの展望デッキを降りてくるタイミングで合流したいが、最悪でも皇居前広場あたりで、いや、せめて国会議事堂に入る前には、と考えていると、ジェイクがバスルームから出てきた。

その手には見慣れない蛍光オレンジのスマートフォンがある。

「……ジェイク？　それなに？」

仁志起が問いかけても、ジェイクは通話中だったようで目線と仕草で、お茶を早く、と示しながら、窓辺のヤスミンとアシュウィニの元に向かう。頷き返しながらも、仁志起は首を傾げるばかりだ。ともかく、客室にあったマグカップや湯飲みにティーバッグという簡易的なお茶だが、自分の経験から考えても温かいものを飲むと多少は落ちつくはず、と期待を込めて運んでいく。

　すると相槌を打つばかりだった電話を切り上げたジェイクが、うつむくアシュウィニに声をかけた。

「目がおかしいんだって？　ちょっと見せてくれないか」

「……目？　目がどうかしたの？」

　ヤスミンが訊くと、あらためて泣きじゃくる声が大きくなった。

　だが、ジェイクは屈み込み、彼女の手にスマートフォンを返しながら続ける。

「電話中だったのは、ご家族？　話をしながらコンタクトを入れていておかしくなったと伺ったよ。通話が繋がったままだったから僕が事情を聞き、ひとまず切ったけど、とても心配していたから、あとで連絡して」

　そう告げられ、おそるおそる顔を上げたアシュウィニが頷くと、ジェイクは彼女の目を覗き込む。横から見ても、泣きはらして真っ赤になっているのが痛々しい。

　いつものように濃い化粧をしていなくても目鼻立ちは整っているし、黒目が大きくて、とても美しい女性なのだ。そんな彼女が大粒の涙をこぼしながら打ちひしがれていたら、誰だって力になりたくなる。なんでもするから言ってくれ、という気分になっていると、彼女の目をじっくりと観察したジェイクが言った。

「……充血しているけど、傷があるようには見えないな。ただ、僕は医学的な知識がある専門家じゃないし、ちゃんと医者に診てもらったほうがいい」

「そうよ。今日の観光はできなくても、まだ初日なんだし……明日から、安心して観光ができるほうがいいじゃない」

ヤスミンも励ますように声をかけるが、アシュウィニは嫌々と首を振る。

「で、でも……ずっと、楽しみにしてたのよ……東京だけじゃなく、これから行く京都や広島だって、それに新幹線だって」

「……へ？　新幹線？　新幹線に乗りたかったの？」

仁志起が意外そうに問い返すと、アシュウィニはしゃくり上げながら頷いた。

「ええ、ケースでやった七分間の奇跡を見たくて」

「七分間の奇跡って……あ、あれか、ＴＯＭでやったヤツか」

アシュウィニに言われ、仁志起も思い出す。

Technology & Operations Management——その頭文字を取って、ＴＯＭと呼ばれる技術と運営管理の授業で、新幹線の清掃サービス会社を取り上げているのだ。

新幹線が東京駅に到着し、折り返して発車するまでの間——たった七分で、スタッフは狭い車両内での複雑な清掃作業をやり終える。そのすばやくて丁寧な仕事ぶりを紹介した動画は［7 Minute Miracle］と題され、海外から絶賛されている。

クレームが多くて評判もよくなかった車内清掃が、一人のビジネス・パーソンの改革で生まれ変わった成功例で、授業では仁志起も日本人として発言を求められ、きれい好きで細かい作業を得意とする国民性をアピールしておいた。

授業で見せられた［新幹線お掃除劇場］と呼ばれる清掃作業の動画も、まさにダンスのパフォーマンスのように印象深いものだったこともあり、ジェイクやヤスミンも、すぐに思い出したらしい。あれは確かにすごかった、実際に見られるのが楽しみだわ、と口々に言うと、アシュウィニはしゃくり上げながら続ける。

「そ、それに、インド初の高速鉄道は、ニッポンの新幹線方式を採用してるの。だから、一足先に乗ってくるって家族に自慢しながら、コンタクトレンズを入れていたら、視界が急におかしくなって……」

そう言いながら、アシュウィニはまたしても大粒の涙をこぼし始めた。

よっぽど楽しみにしていたらしい、と気の毒に思いつつ、仁志起は事前に調べておいた外国人も対応してくれる救急医療機関に眼科があったか、あわてて確認しようとすると、ヤスミンが訝しげに呟いた。

「待って、アシュ……もしかして、また左右を入れ間違えたんじゃない？」

仁志起とジェイクは首を傾げるが、ハッとしたように顔を上げたアシュウィニは涙まで止まってしまい、ヤスミンも詰問するように続ける。

「以前も……ほら、目眩がする、体調が悪いって授業を早退して病院に行った時も結局、コンタクトレンズの左右を入れ間違えただけだったって」

「……入れ間違えるのか、あれ？」

思わず、呆れ返ったような声で呟くと、ジェイクは硬直するアシュウィニを促す。

「ともかく先に確認してくれ。電話しながらだったら可能性はある」

「え、ええ、そうね。でも、なんだか、そんな気がしてきたわ……あ、入れ直して問題がなかったら今日の観光はできるわよね？」

「できるよ！　できるから！　さっさと確認しようよ！」

仁志起が急かすと、アシュウィニは泣いたカラスがもう笑った状態で、チャーミングな笑顔を浮かべながらバスルームに駆け戻っていく。

同じセクションで親しいヤスミンいわく、アシュウィニはいわゆるガチャ目で、左右の視力の差が激しいという。そのせいで、以前もコンタクトレンズの左右を入れ間違えて、原因不明の目眩に悩まされて大変だったことがあるらしい。

思いっきり脱力した仁志起は、すっかり喉が渇いてしまったので自分が用意したお茶を一気に飲み干した。ティーバッグであっても、そう悪くはない味だ。けれど、ジェイクが淹れてくれる紅茶が飲みたい、ミルクをたっぷり入れて、と思ってしまう。

すると、そんな気持ちは伝わってしまうようで、ジェイクまで苦笑気味に呟いた。

「……ゆっくりと落ちついて、お茶が飲みたい気分だ」

「オレも」

即座に同意した仁志起は、ジェイクと目を合わせて互いに苦笑する。

だが、バスルームからはアシュウィニの歓喜の声が聞こえてくるので、今度こそ正しくコンタクトレンズを装着できたようだ。

ヤスミンも、ようやく部屋に戻ってきた本来の目的を思い出して、仰々しいほど立派なカメラバッグを開き、カメラのレンズを慎重に付け替えている。彼女が言うには、今回のジャパン・トレックのためにユーチューバー顔負けの撮影機材を持ってきたらしい。

仁志起が幹事団の連絡用SNSを確かめると、すでに東京タワーから見下ろした都心の風景が次々とアップされていた。晴れているので眺めもいいようだ。だが、展望デッキのエレベーターが混んでいて、予定より時間がかかりそうだと書き込まれている。これなら急いで追いかければ、彼らが降りてきたところで合流できるだろう。

「よし！　アシュウィニさんの準備ができたら、さっさと追いかけよう」

そう言った途端、バスルームの中から返事がする。

「……待って！　わたし、着替えたいわ。ヘアスタイルも乱れちゃったから直したいし、ちゃんとお化粧もしたいから」

「はあああああ？」

仁志起が奇声を発しても、アシュウィニはまったく動じない。

バスルームから顔だけを出し、まだ赤みが残る目で懇願するように見つめてくる。

「お願いよ、ニシキ！　とっても楽しみにしていた東京観光なの！　みっともない格好で出かけるなんて絶対に嫌なの！」

「……わ、わかった。だったら急いで！　可及的速やかに用意して！」

そう叫んで譲歩するしかなかった仁志起だったが、肩をすくめたジェイクとヤスミンは窓際のソファに腰を下ろし、のんびりとティーバッグのお茶を飲み始めている。明らかに長期戦の構えだ。なんなんだ、その余裕は、と仁志起が焦っても、そもそもの原因であるアシュウィニにしてもマイペースの極みだったので、結局、遅刻組がホテルから出発し、タクシーに乗り込めたのは一時間後になった。

しかし、そんなに遅くなっても、先発隊と合流したのは東京タワーの次の目的地である皇居前広場だったのだ。国会議事堂の見学にも間に合わない可能性があったし、その前で合流できたことに仁志起はホッと胸を撫で下ろしたが、先発隊も自由気ままというより、わがままで自分勝手な学生一行に振り回されていたらしい。

なにしろ、おもしろくないから、と勝手にタクシーをつかまえてホテルに戻ろうとする学生がいたり、国会議事堂の見学があるから服装はビジネスカジュアルで、と言ったにもかかわらず、暑いと上着を脱いだ女子学生がほとんどビキニのような格好になっていて、もう一度、上着を羽織ってもらうために数人がかりで説得したり、どうしてこんなことが起こるんだというハプニングが続出していたのだ。

もちろん、それは仁志起たちが合流してからもまったく変わらず、初日からコレか、とこれから始まる珍道中――もとい、ジャパン・トレックの前途を憂いて、幹事団の全員が目眩を感じたのだった。

3

「……えっ？　どうして、こんなに人がいるんだよ？　今朝はオプションで、自由参加の築地市場見学なのに」

仁志起は呟きながら呆然とする。

今朝のホテルのロビーは外国人の学生たちであふれ返っている。昨日の朝が嘘のような優等生ぶりだ。しかも、早朝の午前五時前だというのに！

そんなに築地に行きたいのか？　そんなに魚が好きなのか？　つーか、狩猟民族だった白人は肉食じゃないのか、と心の中でどうでもいいことを叫びながら人数を確かめると、信じがたいことに担当班の全員がそろっている。周囲を見渡しても大差ない。どうやら、外国人は本当に築地が大好きらしい。

ともかく、急いで幹事団が集まっているところに人数確認の報告に行くと、羽田先輩が溜息交じりに言った。

「……まいったな、佐藤の班も全員参加なのか」

こんなに多いならバスをもっと用意しておくべきだった、とぼやきながら入力しているタブレット端末を覗く(のぞ)と、本当に早朝のオプショナル・ツアーなのに、ほとんどの学生が参加している。確かに事前のミーティングでは参加者は五十人弱と予想し、バスは一台、乗り切れない場合はタクシーで、と話していたのだ。

ともかく他(ほか)に方法もないし、さっさとバスに乗り込んでもらい、残った人は予定通り、タクシーに分乗と決めると幹事団もあわただしく動き出した。フロントにお願いしたので早朝にもかかわらず、ホテルのタクシー乗り場にも次々と車が入ってくる。

幹事団のメンバーは、それぞれに自分と同じセクションやスタディ・グループの学生を担当しているので、仁志起の担当班はセクションCの学生が中心になっていて、もちろんジェイクとヤスミンもいる。

あっという間にバスが定員になると、仁志起は担当班を三人ずつタクシーに誘導して、現地ですぐに落ち合えるようにドライバーに行き先を伝えて送り出す。それから最後まで残ってくれたジェイクとヤスミンと一緒にタクシーに乗り込もうとすると、前に停車するタクシーの横から声をかけられた。

「佐藤2！　そっちにオレも乗れるか？」

「……うーん、乗れないこともないって感じ」

仁志起が首を傾(かし)げながら答えると、ヤスミンが笑った。

「わたしとニシキが、ぎゅっと後部座席で詰めれば余裕じゃない？　だから、いいわよ、ヨシィ、いらっしゃいよ」

サンキュ、と返事をしながら走ってきたのは日本人学生の橘芳也だ。

そうか、そういや二人は同じセクションだった、と仁志起が思っていると、ジェイクがヤスミンをさりげなく助手席に促した。

「あら、わたしは後部座席で……」

「申し訳ないが、後ろは紳士専用なんだ。前にどうぞ」

そっけない口調で答えながら、ジェイクは真顔でウインクをする。

横で見ていた仁志起は、うっわー、マジ英国紳士、と感心してしまった。

こんな気遣いを自然にできる日本男子は限られるだろう。少なくとも自分には無理だ。あまりにもかっこよくて見とれてしまってから、我に返った仁志起はあわてて後部座席に真っ先に乗り込む。なにしろ、左右のドアから乗り込んでくる二人は長身だ。ジェイクは元より、イケメンの橘だって日本男子にしては背が高くて体格もいい。

どう考えてみても、こんな場合は小柄でコンパクト・サイズの自分がシートの真ん中で緩衝材になるべきだし、それが仁志起にできる精一杯の気遣いだ。

ともかく全員がタクシーに乗り込み、行き先を伝えて走り出すと、助手席のヤスミンが呟いた。

「……あら、リンダからメールが届いてるわ。あっちは今、真夜中ですって……うわー、なんてゴージャスなホテル！　しかも、トレックに参加している学生全員、泊まる部屋がスイートルームなんですって！」

そう叫びながら、スマートフォンの画面を後ろに向けてくれる。

動画共有サイトに友人限定で公開されている動画では、セクシーなイブニングドレスでめかし込んだリンダがポーズを取っているが、背後では民族衣装のシェイク・アーリィが美貌（びぼう）を台無しにしながら爆笑しているし、フランツの笑い声も聞こえる。

彼らも、昨日から中東を巡るトレックに参加しているので、キックオフ・パーティーで盛り上がっているようだ。

「すっげーな、中東トレックって……まさしく豪遊って感じ？」

仁志起の言葉に、左隣のジェイクが自分のスマートフォンを見ながら頷（うなず）いた。

「なにしろ、産油国の皇太子が幹事団にいるから、オイルダラーなスポンサーがたくさんついているらしいよ……ああ、僕にもリンダから動画のリンクがついたメールが来てる。ニシキにも届いてるんじゃないか？」

「もういいよ、ヤスミンに見せてもらったし……それに、オレのメールボックスって今、ラーメンを今すぐに食いに行きたいとか、メイド喫茶に連れていけとか、牛丼（ぎゅうどん）はどこが一番うまいのかって、そんな内容ばっかだし」

呻(うめ)くように仁志起がぼやくと、みんなが一斉に噴き出し、右隣にいる橘は苦笑しながら肩を叩(たた)いてくる。

「同じだよ、オレも！　幹事団はみんなそうだって」

「やっぱり？　もうオレ、通知も切ったよ」

「それも同じだ」

だが、橘に同意してもらっても、少しも救われた気がしない。

当てにされていると言えば聞こえはいいが、便利なコンシェルジュというより、ただの使いっ走りのように思えてくるからだ。ほとんどの外国人学生は日本語がわからないので幹事団だけが頼りといっても、あまりにも、わがままな要求が多すぎるのだ。おかげで、ここ数日は幹事団の連絡用ＳＮＳしか覗いていない。

それでも、仁志起がちゃっかりジェイクの眺めている動画を横から覗き込んでいると、橘がまたしても肩を叩いてきた。

「ところで、オレの担当班に空手の稽古(けいこ)を見学したいって言ってるヤツがいてさ。あと、ちゃんこ鍋(なべ)って相撲部屋で食べられるのか？」

「空手ェ？　極真？　極真なら知ってる道場があるから紹介できるよ。でも、ちゃんこは詳しくないし、飲食系は橘サンの担当じゃないの？」

「だって佐藤２の地元だろ？　国技館や相撲部屋があるあたりって」

「そうだけど地元だからって詳しいわけじゃないよ。そもそも観光客が喜ぶような場所はわからないし」

そっけなく答えて、仁志起は肩をすくめる。昨日の観光で両国の国技館に向かった時、このあたりが自分の生まれ育った地元だと教えたことが広まって、下町界隈ならなんでも自分に訊けばいいと思われたようだ。

もちろん、幹事団はそれぞれにツテがあり、顔が利く得意分野がある。

今日の午後、企業訪問をする二輪車メーカーのカシマ発動機や、国内最大級という物流ターミナルを見学させてもらうハルナ運輸も、在校生や卒業生からの紹介なので一般とは違う特別コースだし、重役クラスが挨拶に来てくれる予定だ。

仁志起にしても、羽田先輩とともに武道に興味がある希望者を道場の見学に連れていくオプショナル・ツアーを担当している。官費留学組は閣僚との懇談会を仕切っているし、橘に至っては食い道楽で有名な政治家の祖父が常連なので、通常は一年待ちの老舗料亭に予約を突っ込んだらしい。

産油国の皇太子にはかなわないにしても、三人寄れば文殊の知恵じゃないが、さすがに十一人もいれば、国内で何かしらのツテも見つかるということだ。

ともかく仁志起はスマートフォンを引っぱり出し、ちゃんこ料理店の情報を調べると、空手道場の連絡先とともに連絡用ＳＮＳ経由で橘に送った。

「相撲部屋を紹介してもらって、ちゃんこを食べに行くのも不可能じゃないと思うけど、それよりも英語対応の観光客向けの料理店のほうがいいんじゃないかな？　宗教がらみの食事制限とかアレルギー対応もできるし」

それもそうだな、提案してみる、と答えた橘もスマートフォンを確認している。

なにしろ食事は気を遣うのだ。アレルギー対応だけでなく、外国人だと宗教上の理由で食べられないものがあるし、菜食主義者もベジタリアン、ヴィーガン、ペスカトリアンとさまざまだ。だが、豚肉は食べないし、魚もダメだと文句ばかりつける学生が初日の夜、豚骨ラーメンを食べに行ったことを聞いてしまい、スープや出汁だったらいいのかよ、と突っ込みたくなった。

（……つーか、宗教やアレルギーでもないんだったら、出されたものに文句をつけたり、好き嫌いはいけませんって、ちっちゃい頃に教わらなかったのか？）

仁志起が心の中でぼやいているうちに、タクシーは目的地に到着した。

品川からだと、車でも電車でも三十分もかからない。

築地市場は東京の台所とも呼ばれ、都内に十一ヵ所ある東京都中央卸売市場のひとつで繁華街の銀座にほど近い場所にありながら、水産物の取扱量は日本一かつ世界一だ。

その取扱量は世界第二位のスペイン、メルカマドリードの約三倍、北米最大のフルトン魚市場の約五倍とも言われ、とにかく圧倒的なのだ。

築地の歴史は江戸時代、日本橋の魚河岸から始まっている。

それから四世紀を経た今、築地はグローバルな漁獲物を取り扱うローカルな市場という世界でも類を見ないほど希有なマーケットとなった。そして東京のランドマークであり、食のテーマパークでもあり、外国人観光客の人気スポットでもある。

仁志起はタクシーを降りると、先に到着した学生たちに合図をしながら呟いた。

「それにしても、こんなに参加者が多いなんて思わなかったよ。築地は外国人の観光客が多いっていっても」

すると、助手席から降りてきたヤスミンが答えた。

「だって有名だもの。東京に行くなら、築地は絶対に行くべきって言われたわよ」

「ああ。世界最大のフィッシュ・マーケットなんだろう？　僕もジョーナイという場所で食べるスシは最高に美味だと聞いたよ」

ジェイクの返事を聞き、仁志起の隣で橘が肩をすくめる。

「まあ、海外で有名ってのもあるけど、オレは単に時差ボケだと思うぞ」

「……時差ボケ？」

仁志起が訝しげに問い返すと、橘は自信満々に頷く。

「そうそう。欧米の観光客が時差ボケで真夜中に起きても、開いてる場所なんてないから明け方でも観光ができる築地に人気が出たんだよ」

今朝の集合がよかったのも同じ理由だな、と橘はニヤリと笑う。

言われてみれば、という気もしないでもないが、身も蓋もない理由だ。

苦笑を浮かべた仁志起は、担当班の元に向かう橘と別れ、ジェイクやヤスミンとともに自分の担当班と合流し、あらためて注意を繰り返した。

「事前の説明会でも何度も言ったけど、築地市場で行われているのはショーじゃなくってビジネスだから！　ここは観光地じゃないし、仕事で来てる人がほとんどの場所だから、けっして邪魔をしないように！」

勝手に触ったり、持っていっちゃダメだし、原則禁煙でカメラのフラッシュも厳禁、と説明しながら、まず最初はマグロのせり場に向かう。その間も通路にはターレと呼ばれる運搬車が猛スピードで行き交っている。活気があるというより、むしろ殺気立っていると思うが、観光客は逃げ惑いながらも大喜びだ。

ふと見ると、橘が連れたグループは魚がし横丁に向かっていた。

そこは飲食店や小売店が並ぶエリアなので、彼らは見学よりも先に朝食にするようだ。長蛇の列で有名な人気店でも、早朝はそれほど並ばないので賢いといえば賢い。どうやら橘は築地に詳しいらしい、と仁志起もニヤリとする。

ともかく自分の担当班を連れ、マグロのせり場の見学エリアに向かうと、すぐ後ろから幹事団の商社マン組、榊原と海棠も自分の担当班とともに入ってきた。

「なあ、なんだか慣れてるな、佐藤2」

「もしや昨日に引き続き、このあたりも地元か？」

「違うよ。オレの地元は隅田川のもう少し上流だよ。つーか、慣れてるっていうか、前に道場に来た海外のお客さんを案内したことがあるだけだよ」

仁志起が通う道場は、外国人にも広く門戸を開いているので、わざわざ海外から訪れる武道家も多い。彼らと稽古をするのも好きだった仁志起は、都合がつけば喜んで観光にもつき合い、車の免許を持ってからは運転手役もよく頼まれたし、それで築地市場にも足を運んだことがあるのだ。

他の見学者たちとともに、あちこちに関係者以外立入禁止と表示された、ひんやりした冷気が漂っている建物に入ると、壁際の見学用通路からも、ずらりと並んだ冷凍マグロが見える。どれもカチカチに凍って、真っ白というよりも銀色に輝いているようだ。まるで魚雷やミサイルのように見えないこともない。そして、その間を行き交う仲卸業者たちは輪切りにされた尾びれの断面を突っついて感触を確かめている。それで彼らにはマグロの良し悪しがわかるという。

ヤスミンは、このジャパン・トレックのために手に入れたという最新型の小型カメラで写真や動画を撮りまくっているし、見学者のほとんども撮影していた。いつも冷静沈着なジェイクも、しっかりとスマートフォンを向けているのがおかしい。

そんなに外国人には珍しいのかな、と以前も不思議に思ったが、ふと目を向けると同じ日本人である榊原や海棠の目まで丸くなっていた。

「……あれ？　二人とも築地は初めて？」

「ああ、初めてだよ」

「オレも。地元の漁港や魚市場は行ったことがあるけど……つーか、マグロのせりって、冷凍物なんだな」

九州出身という海棠が意外そうに呟いたので、仁志起は笑った。

「ちゃんと生のマグロも取り扱ってるよ。だけど別の場所だし、そこは見学不可なんだ。高額取引だから真剣勝負なんだって」

へー、そうなんだ、と驚く二人の表情は、夢中で撮影している外国人と変わらない。

仁志起が苦笑すると鐘が鳴り、マグロのせりが始まった。せり人が台に乗って、周囲に集まった仲卸業者が手話のような手振りで金額を示す。ボソボソした囁きのような声は、少しも聞き取れない。まるで暗号のようだった。それを眺めるうちにマグロは落札され、手鉤という道具を使って次々と引きずられていく。

すべては、あっという間だ。けれど、これはビジネスだから当たり前だろう。何もかも滞りなく進むようなシステムになっている。なにしろ、ここで取り扱っているのは魚だ。生ものは傷みやすい。時間が経つと価値が失われる商品なのだ。

そんな緊張感が、この空間にも漂っている。

もしかすると、それが多くの人を魅了するのだろうか？

ぼんやりと考え込んでいた仁志起は、後ろから押されて我に返った。

見学者は続々と入ってくるので、いつまでも居座っているわけにはいかない。警備員に誘導されて建物を出ると、出入り口の脇に魚の運搬用の発泡スチロールの箱が文字通り、山のように積み上げられている。すごいな、さすが世界一の魚市場、と感心していれば、自撮り棒を持ったヤスミンが意味不明な声を上げながら腕を引っぱってくる。

「ニシキ！　あ、あれ見て！　あれ！」

「あれってどれ？」

ヤスミンが騒ぐようなものが近くに見当たらず、仁志起が首を傾げていると後ろにいたジェイクが教えてくれた。

「ほら、あそこでマグロを切っているけど……あの彼もサムライ？」

「サムライぃ？」

「だって、サムライみたいな刀を持ってるから」

そう言われ、あらためて目を向けると、競り落とされたマグロが台車で運ばれてきて、次々と解体されている場所が見えた。電動ノコギリを使い、巨大なマグロを数人がかりで輪切りにする奥では、やたらと細長い包丁で胴体を切り刻んでいる。

どうやら、それが武士の刀のように見えたらしい。

「あれは刀じゃないよ、鮪包丁っていう鮪専用ナイフだよ」

「……サムライじゃないのか？」

「うん、違う」

そう答えると、ヤスミンだけじゃなく、ジェイクまでがっかりした顔だ。おいおい、と思うが、外国人は本当にサムライが今でもいると思っているんだろうか。そっちのほうが仁志起は気になってくる。

ともかくマグロのせり場を出ると、狭い通路を行き交うターレや台車を避けて、扇状に広がった水産仲卸売場を眺めながら歩く。ぎっしりと小さな店舗が並び、ありとあらゆる水産物がそろえられた店先には活気があふれていた。

足元は濡れていても生臭さはなく、どことなく潮の香りが漂っている。

しかも、めっちゃいい匂いがしてるぞ、と仁志起がキョロキョロすると、立派な昆布や鰹節が山積みになっていた。ただ、なんか妙な匂い、という英語の呟きも聞こえるし、この独特の匂いを好ましく思えるのは日本人だけだろうかと苦笑する。

それに、久しぶりに訪れた築地はどこも年季が入り、老朽化が否めなかった。

古びた趣があるといっても、ここは名所旧跡ではない。バリバリ現役のマーケットで、ビジネスの最前線だ。移転話が出るのも当然だろう。

ただ、それでも場所が変わったら、この独特の雰囲気は失われてしまいそうだ。

それを惜しむ気持ちもあるが、あまりにも老朽化した建物は危険だ。ビジネスとしてもリスクが大きい。移転問題は本当に難しいと考えるうちに屋外に出たので、仁志起は頭を切り換えると自分の担当班を呼び寄せた。

「それじゃ、朝食にしようか。この場内だけじゃなく、場外にも食べるところはあるから好きな店にどうぞ。あとは各自、電車やタクシーでホテルに戻ってください」

そう声をかけると、いつの間にかヤスミンと一緒にいたアシュウィニが言った。

「……わたし、あんな姿を見たら、もうマグロは食べられないわ」

「そうね、お刺身はイヤかも」

ヤスミンも顔をしかめながら同意するが、他の学生たちは口々に反論する。

「いや、築地に来て、マグロを食わないなんて言語道断だ」

「そうだよ、オレは絶対に海鮮丼だ」

「わたしはウニ丼がいいわ」

声高に主張する連中に、仁志起は食べられる店をいくつか教えてやる。

ようやく午前七時すぎということもあるし、とんでもない行列店でなければ、それほど並ばないはずだ。午後は企業訪問があるので時間に余裕を持ってホテルに戻るように、と念を押しながら彼らを見送る。

　他にも、マグロの形をした鯛焼きをお土産に買いたいとか、築地に来てまでラーメンやカレーライス、ハンバーガーを食べたがる学生には、店の場所に丸をつけた地図を渡し、たとえ迷ってもこれを見せれば誰でもわかる、と送り出す。

　そうするうちに残っているのは、一緒に朝ご飯を食べようと約束していたジェイクと、ヤスミンとアシュウィニだけになった。彼女たちは海鮮丼や寿司を食べに行くグループに誘われても首を振っていたのだ。

「だったら、オレも築地で海鮮丼はイヤだし、一緒に食いに行く？」

　仁志起がつい誘ってしまうと、ジェイクが首を傾げた。

「それは意外だな、ニシキ。どうして？」

「いやー、場所が場所だから味に間違いはないよ……だけど、やたらと並んだり、値段も高めだから、いかにも観光客向けでコスト・パフォーマンスが微妙っていうか」

「まあ、そうなの？」

「だったら、ニシキは何がお勧め？」

　ヤスミンとアシュウィニから問い返され、仁志起は腕組みをして考える。

「うーん、そうだな……あ、あそこの天ぷらは？　行列もないし」

　ちょうど魚がし横丁の店先にあった暖簾が目に入ったので提案してみると、彼女たちはわーお、テンプ～ラァ、とユニゾンで大喜びだ。

しかし、先に約束していたジェイクは、場内の寿司が美味だと聞いたと話していたし、寿司がいいんだろうか。心配になった仁志起が問いかけるように見上げると、ジェイクは察してくれたのか、ウインクを投げてくる。

「天ぷらは食べたことがないんだ。ここで試すのも悪くない」

「……ホントに？」

ああ、と頷くジェイクの眼鏡の奥にある青い目は優しい。

仁志起が気にしていることなんて、ちゃんとお見通しという感じなので、察しがよくて頭の回転が速い恋人は有り難い。ちょっと照れくさいというか、気恥ずかしさもあるが、わかってもらえるのは嬉しい。

思わず、笑顔になった仁志起は、さっさと天ぷらの暖簾の下をくぐっていく二人の後を追いかけながら、ジェイクだけに聞こえるように言った。

「お寿司はあらためて、オレがお勧めの店に連れていくよ。長時間並んだりしなくても、すっごくうまい寿司屋はいくらでもあるから！」

「楽しみだな」

「うん、期待してて！」

そんなことを話していると、運よく会計を済ませて出てくるグループと入れ替わりで、四人がけのテーブル席に座ることができた。お茶をもらって、これはサービスなんだ、と教えてやりながら、壁に貼られたお品書きを眺める。［本日の天丼］という手書きの紙を示し、これが今日のシェフのお勧めだと話すと、ヤスミンとアシュウィニは迷うことなくそれがいいと声をそろえる。

「じゃあ、オレは天ぷら定食にしようっと……ジェイクは？」

「ニシキの頼むテーショック？　それとテンドーン？　その二つの違いは？」

「あー、それはね……ええっと、天丼はご飯にタレってか、天丼専用のソース？　それをくぐらせた天ぷらが載せてあるんだ。でも、定食の場合、天ぷらもソースになる天つゆもご飯も別々で出てくる」

さくっとした天ぷらが好きなオレは別々が好きなんだけど、天丼のタレはちょい甘くて濃い味だから白米がうまくなる、と説明すると、なるほど、とジェイクが頷く。

その時、仁志起は狭い店内の反対側にあるカウンター席で、ニヤニヤと笑っている橘が頬杖をつきながら、こちらを見ていることに気づいた。

しかも彼の前には、瓶ビールと天ぷらの盛り合わせが並んでいる。

「……あれれ？　橘サン？」

「おう、佐藤2もけっこう食い物にうるさいな」

「つーか、そっちこそ、朝っぱらから天ぷらでビールとか飲んでるし！　自分の担当班はどうしたんですか？」

「だってさー、全員が海鮮丼を食いたいっていうし、オレはそれだけはイヤだったんで、店まで案内してから逃げてきた」

　橘はグラスを手にニヤリと笑うと、ジェイクに向かって言った。

「迷うなら定食を勧めるよ。天ぷらは日本のフィッシュ&チップスみたいなもんだから、さくっとしてる揚げたてがうまい」

「貴重な助言をありがとう。それじゃ、僕もニシキと同じで」

　それを聞き、仁志起はさっそく四人分の注文を伝えた。

　すると橘も店の奥に声をかける。

「ねえ、あっちにもギンポ天を追加してやってよ。まだある？」

　ありますよ、という返事に、会計はオレにつけといて、と親しげに頼む橘は、どうやら顔なじみというか、常連といった雰囲気だ。食通で有名な政治家の祖父がらみだろうかと考えてから、ふと仁志起は気づいた。

「え、ギンポ天って……ギンポがあんの？」

「ああ、運がよかったな。旬の時期でも必ずあるとは限らないから」

　そう言うと、橘はジェイクやヤスミン、アシュウィニに向かって説明してくれた。

「ギンポっていうのは、その昔、ギンポを食べずに天ぷらを語るなとか、江戸っ子ならば春は借金してもギンポを食えって言われた魚なんだ」

「まあ、すごい！」

「そんなに貴重なの？」

ヤスミンとアシュウィニが目を丸くすると、仁志起も横で頷く。

「うん、江戸前の天だねなんだよね」

「エドマエ……？」

「テンダーネは、テンプーラとは違うの？」

口々に問い返されて、仁志起はあわてて説明する。

「ええっとね。天だねは天ぷらの材料のことで、江戸前っていうのは……江戸風？」

仁志起が説明に苦労していると、橘が助太刀してくれた。

「江戸は東京の昔の呼び方で、江戸前はトーキョー・スタイルって意味だな。そもそも、天ぷらが江戸の三味と言われてて、寿司、蕎麦と合わせて東京の郷土料理なんだ」

「だけど、ギンポは東京以外では人気がないんだって。天ぷらにするのが一番うまいって言われる白身魚なんだけど」

その説明に、ジェイクが納得したように呟いた。

「だから、フィッシュ＆チップス？」

「そうそう！　フィッシュ＆チップスだって、白身魚とジャガイモのフライ……つまり、魚と野菜を揚げたものだよね？　野菜の天ぷらも、めっちゃうまいんだよ」

そんな話題で盛り上がっているうちに、注文した天丼と天ぷら定食が次々とテーブルに運ばれてきて、一斉に歓声が上がった。

仁志起はさっそく大口を開けて、ギンポ天にかぶりつく。

「……うっまーい！　ヤバい。めっちゃ幸せ」

「だよなー、アナゴもうまいけど、ギンポは別格だよな」

橘もビールを片手に頷いてくれるが、仁志起は答える余裕もなく、がっついていた。

なにしろ、ボストンではおいしい天ぷらなんて、ほぼ口にできないのだ。それだけに、さくさくっとした衣の歯ごたえも、ふわっとした独特の身の食感もたまらない。日本人に生まれて本当によかったと思ってしまう。

カメラを横に置いたヤスミンとアシュウィニも器用に箸を使いながら、さっそく天丼に取りかかっている。少し甘めのタレは、やはり外国人に受けがいい。ボストンでも和食は人気があるが、牛丼や焼き鳥のような甘めのタレがかかった料理が喜ばれると、二年生の奥様たちから話を聞いたことがある。

チラリと様子を窺うと、隣のジェイクは味噌汁を優雅に味わっていた。

以前、仁志起が教えたので箸の使い方も上手だ。

なにしろ、ジェイクは去年の冬、仁志起が二年生の奥様から差し入れでもらった弁当を食べてからというもの、味噌汁がすっかり気に入っているのだ。

しかも、ホテルの朝食ブッフェにも味噌汁があったから、これからは毎朝、トーストと一緒に食べると喜んでいたくらいだ。

（パンと味噌汁かよ、と最初は思ったけど、たらこパスタとか、あんパンとか、日本にも和洋ミックスのうまいものがいっぱいあるからなー）

味噌汁が好きなら味噌ラーメンも好きかな、発酵系は平気かな、納豆はどうだろう、と仁志起が考えていると、食べ終わった橘が会計を頼んで、お先に失礼、と声をかけながら店を出ていく。片手でスマートフォンをいじっていたので、呼び出しがかかったようだ。

（しかも今日は朝早かったし、オレも午後の企業訪問の前に一息入れたいな）

本当に幹事団は忙しい。朝っぱらからビールで一息入れたくなる気持ちもわかる。

そう思いながら天ぷら定食をきれいに平らげると、目の前に座っているアシュウィニが身を乗り出してくる。

「ねえ、ニシキ。わたしたち、実はホテルに戻る前に寄りたいところがあって」

「ふーん、どこ？　近所なら案内するよ」

仁志起が最後に残った柚子大根の漬け物をカリポリしながら訊ねると、アシュウィニとヤスミンは大喜びで自分たちのスマートフォンを取り出す。

「ええっとね……キャッパー？　あ、違うわ。キャッパ・バシュ？」

「きゃっはー？　どこだよ、それ？」

自分で見たほうが早い、と遠慮なく手を伸ばした仁志起はヤスミンのスマートフォンをつかみ、画面に表示された地図を確認して苦笑する。

「……合羽橋かよ」

「そうなの、キャッパーバッシーよ！　わたしのセクションメイトのメリッサが、そこで買い物したいっていうから、その一部始終を動画配信したいの」

テンション高めの二人の話を聞き、仁志起は腕を組みながら考え込む。

合羽橋は有名な問屋街だ。料理道具や厨房設備、食器や包装用品など食に関するものがなんでもそろうことで知られ、日本の職人が作った専門的な調理器具や本物そっくりの食品サンプルが外国人観光客に人気だと聞いたことがある。

ふと気づいて、仁志起は二人に問いかけた。

「……あ、もしかして、メリッサって年末のチャリティー・オークションで、週末ごとに手作りのクッキーを届ける権利を出品してたメリッサ？」

「ええ、そのメリッサよ。この前、彼女がクッキーを焼く動画も配信したのよ」

「メリッサのクッキーを落札できなかった人たちが喜んでたわ」

そんな話をしていると、食事を終えたジェイクがさりげなくアシュウィニに訊ねた。

「……そういえば、アシュウィニ、あれからご家族はどうなさってる？　オークションの義援金は役に立った？」

「ええ、とても。みんなには感謝しかないわ」

アシュウィニは思い出すだけでも目頭が熱くなるのか、少し上擦った声で答えた。

「それに、あのオークションの後も、今のジェイクみたいに気遣ってくれる人が多くて、わたしは本当に幸せよ。とても不幸な出来事だったけれど、悪いことばかりじゃないし、この経験をプラスに変えるように生きていきたいわ」

おお、素晴らしい前向き思考、と仁志起は独りごちる。

けれど、確かに起きてしまったことを嘆くだけでは何も変わらないし、どんなことでも自分の考え方ひとつだ。見習わなければ、と思いながら自分のスマートフォンを出して、時間を確かめる。

早朝五時の集合だったので、ようやく午前八時だ。

築地から合羽橋までの移動は地下鉄にするか、ＪＲにするか、あれこれと考えながら、彼女たちの買い物につき合い、荷物持ちや撮影助手をするのはキツいな、と苦笑する。

いくらなんでも自分だってちょっとはガス抜きをしたってかまわないだろう、と結論を出すと仁志起は答えた。

「よし、わかった。メリッサと合流したら、合羽橋まで案内するよ。まだ時間も早いから地下鉄の銀座駅まで、腹ごなしの散歩がてら歩いていってもいいんじゃない？　道なりに築地本願寺(つきじほんがんじ)や歌舞伎座(かぶきざ)も眺められるし」

まあ、ステキ、いいわね、そうしましょうよ、さっそくメリッサに知らせなくちゃ、と盛り上がるヤスミンとアシュウィニは放っておいて、仁志起は隣ですっかり冷めたお茶を飲むジェイクに言った。

「ねえ、ジェイクも一緒に行かない？　んで、彼女たちを合羽橋まで送っていった後で、オレたちはお茶を飲みに行こうよ」

「……お茶？」

「そう。お茶だよ、お茶！　お茶休憩しよう」

怪訝（けげん）な顔をするジェイクに、ニカッと笑った仁志起はヘタクソなウインクを返した。


「……あ、朝は薄曇りだったけど、けっこう晴れてきた」

空を見上げながら、仁志起は呟いた。

すると隣に腰を下ろしたジェイクも顔を上げて、まぶしそうに眼鏡の奥にある青い目をすがめる。都心とは思えないほど緑の濃い木立の上には、立ち並ぶ高層ビルに縁取られた青空が広がっていた。

ここは宿泊中のホテルに、ほど近いところにある日本庭園だ。

もともと江戸時代の大名屋敷で所有者を変えながら三百年にわたって守られ、四方八方どこを見ても美しいと讃えられた庭園には現在、レストランや結婚式場があって、多くの人々が訪れている。そして、庭園内には明治時代の豪商が建てた茶室も移築されていて、そこで抹茶や和菓子を味わえるのだ。

しかも、ここの茶室は座敷だけでなく、土間もある。縁台に円座が置いてあり、そこに腰を下ろして、お茶が飲めるのだ。靴を脱がなくてもいいし、正座もしなくていいから、まさしく外国人向きとも言える。以前、道場に来た外国人のお客さんを連れてきた時にも喜んでもらえたので、ふと思い出した仁志起は、ヤスミンたちを合羽橋まで案内した後、ジェイクとやってきたのだ。

平日の午前中ということもあって、まだ人が少ない庭園はとても静かだ。木々のざわめきと鳥の鳴き声、それから、今さっき注文した抹茶を点てる音ぐらいしか聞こえてこない。

立派な瓦屋根の正門から古びた趣のある茶室まで、大きな池を回り込むような散策路をのんびりと歩く間も、どことなく空気の色が違っているような気がした。

ジャパン・トレックの準備や一年を締めくくる期末試験、さらにはサマーインターンの面接まで加わって、ここしばらくは目が回りそうなほど忙しかった仁志起には、なんだか魂の洗濯をしているような気分だ。

茶室の奥では、和服の女性が鉄瓶で湯を沸かし、抹茶を点てている。

それを珍しそうに眺めるジェイクも、どことなく表情がリラックスしていた。

仁志起も思わず、大きく伸びをしてから深呼吸していると、隣のジェイクが苦笑気味に話しかけてくる。

「だいぶ疲れてるようだね、ニシキ」

「うーん……まあ、幹事団の下っ端だからね。しょーがないっていうか」

「出発前から忙しそうだったけど、サマーインターンの面接はどうだった？　面接担当のクインシー卿がボストンに来たんだって？」

「そうそう……って、オレ、ジェイクに面接の話をしたっけ？」

「してないよ。僕はクインシー卿から聞いた。彼は、僕のパブリック・スクールの先輩に当たるんだ。だから、僕の紹介で欠員募集に申し込んできたニシキのことを聞きたいって連絡をもらったんだよ」

「なんだ、そういう繋がりだったんだ？　知り合いだって言われたけど……」

キョトンとしていた仁志起も、その話を聞いて思い出す。

ジェイクに勧めてもらったＩＦＣのサマーインターンに応募したところ、すぐに面接が決まったが、仁志起が学期末で忙しくて時間が取れないとわかると、面接を担当しているリチャード・クインシーが、わざわざワシントンからボストンまで来てくれたのだ。

しかもホテルのラウンジで二時間ほど面接というか、おしゃべりをしたクインシー卿はフレンドリーで話しやすい人だった。長い称号持ちなのでクインシー卿と呼んでくれ、と自己紹介をしながらウインクをするし、前職やHBSでの成績を訊かれるだろうと思って準備していたのに、そんな話はまったく出ず、学生時代、空手を習っていたことがあると言い、武道のことばかり訊かれ、仁志起が子供の頃から武道を通じて交流した外国人との話を聞きたがった。

仁志起は面接を思い出し、首を傾げながら腕を組む。

「なんだったんだろう、あれって？　まさか、オレは一目見ただけで不合格と決まって、時間つぶしに雑談しただけってことなのかな？」

「いや、それはないと思うよ。それよりも結果は？」

「なるべく早く知らせるって言われたんで、クインシー卿からのメールや電話の通知音は別設定にしてあるんだけど……つーか、そろそろ来てもいいはずなんだけど」

ジェイクに答えながら、仁志起は次第に声が小さくなる。

忙しさにかまけて考えないようにしているが、不安はふくらむばかりだ。

それでも、すでにやるべきことはやった。あれこれ悩んでも無駄だ。結果を粛々として受け入れるしかないのだ。仁志起は頭を切り換えようと、ブンブンと勢いよく振ってからジェイクに問いかける。

「あ、そうだ。ジャパン・トレックの後、ジェイクはどうするの？　ゆっくりできるならオレの家に遊びに来ない？　オレが冬休みの時にお世話になったから、家族もよかったらジェイクに来てもらえって言ってるんだけど」

「それは嬉しいお誘いだな。サマーインターンが始まるまで時間があるし、すぐに日本を離れる必要はないから、喜んでお招きを受けるよ」

ジェイクはにっこり微笑んでくれるが、仁志起はあわてて言いつのる。

「だけど、オレんちは小さいよ。ごく普通の古い二階建てだから、ジェイクんちみたいなお城じゃないし、広い庭や領地もないからね！」

というより、はっきりいって、オレんちは庭まですっぽり、ノーザンバー・カースルの玄関ホールに入っちゃうぐらいだからね、と説明すればするほど、ジェイクは楽しそうに笑うばかりだ。とにかく、仁志起が必死になって日本の住宅事情を説明しているうちに、お茶の支度が整ったらしい。

着物姿の女性店員が近づいてきて、窓際に座る二人の前に丸盆を置いてくれた。

お抹茶の召し上がり方をご説明いたしましょうか、と親切に言ってくれたが、仁志起は首を振る。

「だいじょうぶです。オレが説明できます」

「まあ、頼もしい。それでは、どうぞごゆっくり」

ちょっと年配の品のいい女性店員は楽しそうに目を見張ってから、にこやかに微笑んで茶室の奥へと下がっていく。だが、仁志起だって、道場に来た外国人のお客さんを何度も案内しているのだ。茶の湯というか、ジャパニーズ・ティーセレモニーの説明だったら、お手のものだ。

「ジェイク、これが日本の伝統的なお茶だよ。まずはお茶菓子からどうぞ」

得意気に説明しつつ、仁志起は丸盆に並んだ茶碗（ちゃわん）と干菓子を示す。

懐紙に載せられているのは、花の形をした和三盆だ。

ひょいと指先でつまんで口に放り込むと、口溶けがいいので一瞬で崩れ、上品な甘みが広がってくる。ああ、これぞ和菓子だと思う。

仁志起が和菓子のよさを噛（か）みしめる横で、ジェイクはつまみ上げた和三盆をじっくりと眺めてから、おそるおそる口の中に入れている。そのおっかなびっくりな様子がちょっとおかしくて微笑ましい。

「先にお菓子を食べると、ほんのり口の中が甘くならない？　そうすると次に飲むお茶がいっそうおいしく感じられるんだよ」

「ああ、なるほど」

ジェイクは納得したように頷きながら仁志起の説明を聞いてくれたので、さらに茶碗は右手で持ち上げてから、左の手のひらで底を支えるように持つと教えて、実際に目の前でやってみせる。そして茶碗の正面に敬意を払うために、こんなふうに横に二度回しながら位置を変えるんだよ、と話しながら飲んでみせた。

ぐびっと呷（あお）ると、きめ細かい泡がクリーミーだし、すっきりした味が飲みやすい。ふんわりと鼻先に感じる香りも、茶室から眺める緑のように清々（すがすが）しかった。

場所柄、飲み慣れない人でもおいしく飲めるように作っているのかな、と思いながら、ズズッ、と音を立てて飲み干す。

興味津々という顔で見ていたジェイクも、仁志起と同じように繰り返してから、茶碗に口をつけるが、最後に音を立てるのは難しかったようだ。それでも、ほとんど飲み干して青い目を輝かせる。

「ふうん、これがマッチャか……悪くないね。おいしいよ」

「ホントに？　よかった！　お抹茶にも濃茶（こいちゃ）と薄茶っていうのがあってね、これは薄茶。おうすって呼ぶんだ」

「……オースゥ？」

「おうす」

「オウッス？」

「まあ、そんな感じかな」

母音が重なる発音は難しいらしい、と仁志起は笑いながら頷く。

最後に音を立てるのは飲み終わったと知らせるためだし、飲んだ後には器である茶碗も眺めて楽しむものなんだと話しながら、互いの茶碗を見せ合った。茶室の奥には、季節の花が飾られた床の間もあり、茶碗に描かれているのも、そこに飾ってあるのと同じような紫色の花だったので大変に風流だ。

だが、この〈風流〉をどう説明すべきか、仁志起は困ってしまう。

風流とか粋とか、日本人だとなんとなく通じるが、同じ文化のバックボーンを持たない外国人に説明するのは、ちょっと難しい。

しばらく考え込んでしまった仁志起だったが、悩めば悩むだけ難しくなると気づいて、目に見えるものを見えるままに説明してみようと思いついた。

「ええっと、ほら、この茶碗の花……これって、あそこの床の間……あ、床の間ってのは和室の飾り棚のことで、あそこにある花と似てるよね」

「ああ、本当だ。同じ種類の花かな」

「それは、あれが季節の花だからなんだ。この時期に一番きれいに咲く花を、お客さんに見てもらいたいっていう気持ちのあらわれで……茶碗の絵も、これが今の季節の花だって教えてくれてて……つまり、これが日本の〈おもてなし〉なんだよ」

たどたどしい説明だったが、季節を感じられるものをあしらい、客をもてなそうとする気遣いが風流だと伝えたかったのだ。

すると、ジェイクは茶碗と床の間を見比べながら青い目を瞬かせる。

「……これが、ジャパニーズ・ホスピタリティーか」

「うん。お座敷での本格的な茶会ってのは、これから行く京都で予定してるから、今日は予行演習だと思ってよ」

「京都での茶会も楽しみだ」

そう微笑むと、ジェイクは茶碗を置きながら言った。

「ニシキの話を聞いていて、うちのことを思い出したよ……ノーザンバー・カースルでも季節によって使う応接間が違うんだ。春は庭がよく見えて、夏は風が通る場所で、秋とか冬は暖炉があるところと使い分けているから」

「あー、確かに同じかも。オレが行った時には暖炉があったね」

ニシキが来た時はクリスマスだったし、ツリーを飾れるほど天井が高いのも暖炉がある応接間だけなんだ、とジェイクは説明してくれるが、仁志起は顔が引きつった。

自分が行った時に入った暖炉がある応接間を思い出し、あんなに大きくて立派な部屋が季節ごとに使い分けられているということが信じられない。

そもそも和室の一部である床の間と、家族や客がくつろぐ応接間を同列に語ることにも目眩がしてくる。あらためて、文化というか、常識というか、いや、まさしく住宅環境の違いを思い知らされるような気分だ。

けれど、くらくらしている仁志起の横で、ジェイクは床の間やお茶を点てていた場所を珍しげに眺めていたが、ふと思いついたように言った。

「そういえば……さっき、お茶を用意する時、最初に沸いたばかりのお湯を茶器に注いで温めていたよね」

「……え？　そうだった？」

「ああ。茶器に最初に注いだお湯は捨てていたよ。僕と同じだ」

ジェイクはにっこりと微笑むが、気づかなかった仁志起は店の奥に声をかけて、すぐに出てきてくれた着物の女性に問いかけた。

「……あの、すみません。つかぬことを伺いますが、さっき、お点前の時、最初に茶器に注いだお湯は捨ててました？」

「ええ、そうです。最初に注いだお湯は茶碗を温めるためですから」

「やっぱり？　彼が今、そう言ってたので」

茶室の女性店員は英語ができないようなので、仁志起はすばやくジェイクに説明して、それから日本語で彼女に告げた。

「彼はイギリス人で、そのせいか、彼の淹れてくれる紅茶はとてもおいしいんですけど、さっきのお点前と同じように、最初に注いだお湯は捨てちゃうんです。ティーポットとかカップを温めるためのものだからって」

「まあ、そうなんですか。確かに、同じお茶ですからね。お抹茶にしても、紅茶にしてもおいしくいただくために温度が大切なんでしょう」

にこやかに答えてくれた彼女の返事を英訳して伝えると、ジェイクも同感というように頷いて、床の間に飾ってある紫色の花に目を向けながら言った。

「よかったら、ニシキ。あの飾ってある花の名前を確かめてもらえないか？」

「うん、いいよ」

仁志起は快く頷き、あらためて日本語で花の種類を訊ねた。

すると、すぐにアヤメだと教えてもらったが、そのアヤメを英語ではなんと呼ぶのかがわからない。すぐさま、スマートフォンを取り出して検索する。

「あの花の名前は……ええっとね、アイリスだって」

「……アイリス？　やっぱり？」

「うん。日本語ではアヤメ、英語ならアイリス。でもやっぱりって？」

そう問い返すと、ジェイクが微笑んだ。

あまりにも嬉しそうに笑うので、仁志起は怪訝な顔で首を傾げる。すると、ジェイクが教えてくれた。

「いや、偶然なんだが、僕の母の名前がアイリスなんだ。ただ、そっくりな花もあるし、あんなふうに飾ってあると確信が持てなかった」

「あ、そっか、そういえば……」

そう言われて、仁志起もようやく思い出す。ジェイクの母親、ノーザンバー公爵夫人はアイリスという名前だったのだ。いつもレディ・アイリスと呼んでいたが、アヤメという意味があるとは知らなかった。

「なんだか嬉しいよ。この場所を写真に撮ってもいいかな。母に見せたいから」

ジェイクから言われ、仁志起はすぐに女性店員に許可をもらい、実は彼の母親の名前がアヤメの英語の呼び方と同じなのだと説明した。すると彼女も驚き、来週からアジサイに変わるので今週でよかったですね、と微笑んでくれた。

そんな会話を交わしている横では、ジェイクが床の間に飾られているアヤメを撮影し、すぐにメールで送っている。

その嬉しそうな横顔を見ているうちに、仁志起まで嬉しくなってきた。

おいしいお茶の淹れ方が抹茶と紅茶で似通っていたとか、床の間に飾られた季節の花が英語ではアイリスで、ジェイクの母親と同じ名前だったとか、どれも本当に小さなことで偶然が重なっただけでも、ジェイクが喜んでくれるだけで嬉しいのだ。

そして、メールも送り終わってスマートフォンをしまったジェイクは、仁志起が教えた日本語を思い出したようで、和服の女性店員に向かって、ドウモゴチソーサマデシタ、と言いながら深々と頭を下げた。

そこはありがとうございますかも、と思ったが、仁志起も一緒にお辞儀をする。

お礼を伝えたい気持ちは同じだったからだ。

ここに二人で一緒に来られてよかった、としみじみと感じた。

おかげで茶室を後にしても、嬉しい気持ちはちっとも消えなかった。

すると、そんな気分は自然と伝わってしまうようで、庭園の散策路を並んで歩きながらジェイクが言った。

「ここに来られてよかった。ニシキ、誘ってくれてありがとう」

「うん、オレも嬉しいよ。ジェイクが喜んでくれたなら」

そんな話をしながら、互いに見つめ合う。

緑の中の小道には、二人の他には誰もいない。行き交う人もいないので、こっそり手を繋ぐと、キスがしたくなってしまう。しかも、それまで互いに同じ気持ちだったようで、ジェイクが苦笑気味に呟いた。

「……困ったな、キスがしたくなった」

「マジで？　オレも！」

仁志起は笑いを含んだ声で答えながら、ジェイクに肩をぶつける。

身長差があるので、並んで立っていると肩同士がぶつからないのが悔しい。それでも、ジェイクは微笑みながら屈(かが)んでくれた。

「万が一、人に見られたら、眼鏡のゴミを取ってもらったと言い訳しよう」

「……そんな言い訳、信じてもらえるかな？」

「だいじょうぶ」

「ホントに？」

自信満々で大真面目（おおまじめ）に頷く恋人を疑うように問い返すと、青い目が茶目っ気たっぷりにウインクを投げてくる。

「こっそり人目を忍んで交わすキスについては、僕はパブリック・スクールでレポートを書いて、エクセレントという最高評価をもらっている」

ギャハハ、と色っぽさの欠片（かけら）もない声を上げて仁志起は笑い、わけのわからない冗談を言い出す恋人と日本庭園の片隅で、めちゃくちゃ甘いキスを交わしたのだった。

4

「みんな、準備はいいな？」

「おうッ！」

「ジャパン・トレックも今夜で終わる！　つまり、今夜が締めだ！　そう、フィナーレ、千秋楽だぞ！　これはもう、やるっきゃねえ！」

「おうッ！」

「今夜、オレたちがジャパニーズ・ビジネスマンの本気を見せてやれ！　これぞ、まさに日本が世界に誇る宴会あーんど、ザ・接待！　そして……」

「待って！　佐藤1！　そこはまとめないで！　ジャパニーズ・ビジネスマン＆ビジネスウーマンって、ちゃんと言って！」

　幹事団の日本人学生、十一人が集まって、円陣を組んで気合を入れていると、紅一点の千牧亜子が容赦なく突っ込んできた。みんなと同じように、ホテルの浴衣の上から羽織を着ていようと、そういったところは甘くない。

かけ声をかけていた佐藤1も咳払いし、あらためて口を開いた。

「すまん、言い直す。ジャパニーズ・ビジネスパーソンの本気を見せよう！　オレたち、幹事団に性別や年齢は関係ない！　社費留学とか私費留学も関係ない！　同期生だけに、同期の桜だッ！」

「おうッ！」

同期の桜だと散っちゃうぞ、と心の中で突っ込みつつ、仁志起もかけ声に応じる。

左右の連中も苦笑気味に、それでも佐藤1に声を合わせるあたり、つき合いというか、ノリがいい。ジャパン・トレックが始まってから、ずっと一緒に外国人学生を引率して、さまざまなトラブルを乗り越えてきた連帯感だろうか。

こういった体育会系のノリは、いつも商社出身チームが中心で、どことなく引いているリーダーの羽田先輩まで、ちゃんと円陣に加わって、コールに参加しているあたり、幹事団の団結はさらに強まっている。

去年の夏、入学前に行われたサマースクールに参加しなかったことで出遅れ、同期生の日本人と親しくなるのに時間がかかった仁志起も、ジャパン・トレックの一週間で一気に馴染んだような気がする。

（いや、むしろ、オレたち幹事団が一致団結しないと乗り切れないくらい、この一週間は大変だったというべきか？）

そう独りごち、仁志起は苦笑する。振り返ってみると、これでは先が思いやられる、と思った初日の東京観光や早朝の築地市場見学なんて、ほんの序の口だった。

なにしろ、築地市場見学の後で、のんびりとジェイクと二人でお茶を飲んだ時間だけが唯一の息抜きになってしまったくらいだ。

あの後、東京では複数の企業訪問をこなし、ＨＢＳの卒業生や政財界のＶＩＰを招いて交流会や親睦会といったパーティーも開いたのだが、これが本当に大変だった。

卒業生だけでも有名な企業の重役クラスがずらりと並ぶ上に、ＳＰがついてくるような政治家も来てくれることになって事前の打ち合わせが倍増し、失礼がないように段取りを整えるだけで大騒ぎだったからだ。

おかげで幹事団の十一人だけでは手が足りず、すでに帰国していた卒業間近の二年生の奥様たちに助力を請い、さらに挨拶に顔を出してくれた今年の九月からＨＢＳに留学する新・一年生まで駆り出し、ようやく無事に終わったのだ。

しかも、滞在中は予定がぎっしりと詰まっていて忙しいのに、外国人学生たちは元気があり余っているのか、夕食の後でもラーメンや回転寿司を食べに行きたがるし、夜中までカラオケで歌いまくったり、つき合うほうは身体がいくつあっても足りなかった。

オプションの歌舞伎や文楽といった伝統芸能の観劇では、引率した幹事団のメンバーが居眠りをしたと落ち込んでいたが、それを責めるのは酷だろう。

そして、幹事団は疲労困憊のまま、一行は名古屋、京都、広島と観光し、ついに今夜、世界遺産である安芸の宮島、厳島神社の大鳥居が見えるホテルで最後の夜を過ごして、明日のチェックアウトで解散となる。さらに日本に滞在して観光を続ける学生もいるが、ほとんどは東京や大阪に向かい、空路で世界各地へと飛び立つ。

（……やっと終わりって思うけど、あっという間っていう気もするかな？）

やたらと大変だったけれど、それと同じくらいやり甲斐があって楽しかったというのも仁志起の偽らざる本音だ。

東京からの移動に使ったのは、もちろん新幹線だったし、次に向かった先の名古屋ではトヨタ自動車の工場を見学させてもらった。どちらも授業で取り上げられた日本企業だ。特にトヨタ自動車は世界中のビジネススクールでも使われている有名なケースで、多くの企業が取り入れた独自の生産方式を直に見られたのは興味深かった。

そして、あの七分間の奇跡――［7 Minute Miracle］と呼ばれる新幹線の清掃作業を実際に目にした外国人学生たちも興味津々だった。

何よりも清掃スタッフが降りる乗客に対し、お疲れさまでした、と声をかけて、さらに発車する新幹線に向かって、お辞儀をするという一連の行動が驚きだったらしい。おお、これが噂のオモテナシ、ジャパニーズ・ホスピタリティーなのか、と囁き合う外国人学生を横で見ているのはおもしろかった。

京都での茶会や座禅体験も好評だったし、自分が中学生の頃、修学旅行で巡ったような清水寺、伏見稲荷大社や金閣寺を外国人学生たちと観光するのも新鮮だった。

なにしろ、彼らの質問は意表を突くものが多い。

金閣寺には誰が住んでいたのか、と問いかけられ、すぐに答えられる日本人はそんなに多くないような気がする。日本人なら知っていて当たり前だという調子で質問されても、仁志起の頭は一瞬、真っ白になった。あわてて、ここは寺なので住居ではない、あそこは仏様の居場所であって霊廟に近いという説明をひねり出した。

質問した学生は、キラキラしているから宮殿だと思った、と笑っていたが、別の学生がヴァチカンのサン・ピエトロ大聖堂とかインドのタージ・マハルだってキラキラだから、尊い場所はどこもまばゆいんだよ、と言ったら納得していたのが悔しい。

そんな話を幹事団が集まったミーティングでこぼしたら、誰もが似たような珍問奇問に悩まされていたようで、浅草寺の雷門の下で、この巨大な提灯は何のためにあるのかと訊かれ、あわてて調べたとか、神様と観音様と仏様の違いを説明するのに苦労したとか、相撲観戦ではスモー・レスラーはどうして東西から出てくるのか、南北ではダメなのかと問い詰められたとか次々と出てくる。

突然、思いも寄らぬことを質問され、困っていたのは自分だけではなかったと知って、仁志起は安心するよりも先に情けなくなってきた。生まれ育った母国である日本のことを説明できない自分が——いや、むしろ、ジャパン・トレックがなかったら、説明できない自分に気づけもしなかったことが恥ずかしい。

仁志起は猛省しつつ、広島では外国人学生たちと一緒に原爆ドームと平和記念資料館を見学した。ここも京都と同じく、中学の修学旅行以来だ。

外国人学生の多くは、日本が原爆を落とされて降伏した程度の知識しかない。それは、仁志起がホロコーストを世界史の授業で学び、知識としては知っていることに似ている。あくまでも教科書から得た知識であって現実感が薄いのだ。

そのせいか、原爆ドームと平和記念資料館の見学は、予定よりも長い時間がかかった。誰もがじっくりと回っていたからだ。被爆者の講話にも真剣に耳を傾けていた。

広島はかつてオプションで、希望者だけが訪問する場所だったらしい。けれど何代か前の先輩たちが、せっかく日本に訪れてくれるなら絶対に見てもらいたい場所だと主張して、賛否両論ある中、オプションから全員参加の日程に変更されたという経緯がある。しかも、その結果、参加者の外国人学生たちからは口々に、ここに来られてよかったと感謝されたという。

ジャパン・トレックのミーティングで、そんなエピソードを教えてもらった仁志起も、たとえ生まれた国や性別、年齢が違っていても、ここでは誰もが同じように大切なことを学んでいると感じた。

そして、仁志起自身、このジャパン・トレックでほぼ一年ぶりに帰国したこともあり、母国である日本について新たに感じることが多くなっていた。

外国人学生たちから突拍子もないことを訊かれ、どうしてそんなことが気になるのかと問い返すと、日本人である自分では絶対に気づかない彼らの視点が見えてくる。

仁志起が意外だったのは、欧米の学生たちの目には、日本には日本人しかいないように見えていることだった。けれど外国人観光客は増え続けているし、東京のような都市部は特に外国人の姿が多くなっているはずだ。

しばらく不思議で首を傾げていたが、もしかすると彼らの目には、アジア系のすべてが日本人に見えているのかもしれないと気づいた。

なにしろ、仁志起にしたって留学したボストンで、同期生のベルギー人とオランダ人、スウェーデン人とフィンランド人の区別はつけられない。彼らから違いを説明されても、ピンと来ないくらいだ。それを思ったら、欧米人が日本にいるアジア系すべてを日本人に見てしまっても仕方がない。

そして外国人学生たちを案内しつつ、もっとも感じたのは、日本で生まれ育った自分が当たり前だと思い込んできた多くのことが、違う国で生まれ育っている彼らにとっては、少しも当たり前ではない、ということだった。あらためて自分が知っていると思っていた世界がどれだけ狭かったのか、思い知らされたような気分になった。

彼らは口々に言うのだ。日本は美しい国だと。

それは景色や自然が美しいとか、そういった意味もあるが、それだけではなかった。

街がきれいだし、路地にゴミが落ちていないし、自動販売機はちゃんと動いているし、駅のホームや電車がきれいで、行き交う人々の服装だって清潔だと言う。

仁志起から見ると汚い場所も多いと思うし、ゴミだってけっこう落ちていると思うが、どうやら、きれいとか汚いという基準がそもそも違うらしい。彼らがよく知る同じような場所と比べて、日本はきれいで清潔ということなのだ。

なにしろ、外国人学生たちはどの店に入っても、いらっしゃいませ、とほがらかに声をかけられることに感動する。何も買わなくても店を出る時、ありがとうございました、と言われて驚く。観光地ではよくある光景だが、彼らは大感激だ。

この広島の温泉旅館だったホテルに到着した時も、正面玄関で女将さんとか仲居さんがずらりと並んで、お辞儀をしながら出迎えてくれると、王侯貴族にでもなった気分だ、と感動している学生がいたくらいだ。ジェイクが彼の肩を叩き、うちの城でも最近は滅多にしないよ、とウインクをすると誰もが噴き出し、爆笑してしまったが。

（……ともかく今夜の宴会っていうか、フェアウェル・パーティーが終わったら、やっと一息つけるよ。明日の朝、チェックアウトを済ませて、みんなを見送ったら、ジェイクと二人でのんびりする約束だし）

そのまま、すぐに東京に戻ってもいいけど、せっかく広島にいるんだし、二人でどっか観光に行ってもいいかなー、と口元を緩ませながら考えていた仁志起は、不意に背後から頭を勢いよく叩かれた。

「いってー、なんで殴るんだよ、佐藤1！」

「オレの話を聞いてんのか？　ちゃんと最後まで聞けよ！　佐藤2！」

「だって、おまえの話って、おうって答えるだけじゃん。つーか、暴力反対！」

仁志起は叩かれた頭を抱えて言い返す。すると数人が声をそろえて、そーだ、そーだ、ぼーりょくはんたーい、とハモりながらふざけ始めた。なにしろ、かれこれ一時間くらい商社出身チームが主導する宴会芸のリハーサルにつき合っていたのだ。

宴会での司会進行を担当している佐藤1は、ビジネスでもプライベートでも人間関係を円滑にするためには飲みニュケーションが重要なんだ、ザ・接待こそ真のおもてなしだと主張するが、これが外国人学生たちに受けるのか、はっきりいって仁志起には謎だ。

他のメンバーも呆れていると、時間を確認した羽田先輩が口を挟んだ。

「みんな、そろそろ担当班の部屋を巡回してきてくれ。宴会のドレスコードは浴衣なのでちゃんと着ているか、その確認も忘れずに」

「おう！」

「巡回終了後、幹事団の再集合は六時半にする。それまではフリーでいいよ」

なんなら温泉に入ってもかまわないから、と告げる羽田先輩の言葉に誰もが笑いつつ、幹事団の本部になっている和室をバラバラと出ていく。

昔は温泉旅館だったというホテルには、本館とL字形に連結した新館がある。

メインとなる本館には大浴場や露天風呂、レストランや宴会場の他に、数人で泊まれる昔ながらの続き間になった和室があるが、増築された新館側にはビジネスホテルのようなシングルやツインの洋室もあるのだ。ほとんどの学生は畳の部屋に泊まれると喜んだが、洋室や一人部屋じゃないと嫌だという学生は新館に振り分けてある。

それぞれの希望に丁寧に応えるのが、まさに日本のおもてなしかもしれないが、細かいオーダーをリスト化し、直前まで宿泊先と調整を続けていた部屋割り担当チームの榊原と黒河は本当に大変そうだった。

ともかく仁志起の担当班は全員、本館の和室なので館内図を確認する。

この階のエレベーター前には幹事団のメンバーが集まっていて、二機あるとはいってもすぐに乗り込めそうにないので、さっさと階段で上がるか、と奥にある階段に向かうと、声をかけられた。

「佐藤、ちょっといいか？」

「……はい？　なんスか、天城さん」

突然、呼び止めてきたのは、幹事団の中でも独特な存在感のある天城だった。

同じ日本人の同期生といっても年上だし、やたらと背が高くて体格がいいだけでなく、妙な貫禄があるし、十代前半に渡米したということもあって在米生活も長く、仁志起とは別の意味で一年生の中では浮いているかもしれない。

訊ねる機会もなかったので確かめてはいないが、おそらく何か武道をやっているのか、身のこなしにも隙がないのだ。たとえるなら時代劇に出てくる剣豪とか侠客というか、まさしく外国人が想像するサムライのような雰囲気だ。

（……つーか、サムライとかニンジャってよく言われるけど、オレより天城さんのほうがはるかに武士っぽいぞ）

そんなことを考えていると、天城は一緒に階段を上がりながら口を開いた。

「礼を言う。ちゃんこ鍋の件を調べてもらって助かった」

「……ちゃんこ鍋？」

「ああ、相撲部屋のちゃんこ鍋が食べたいと言い出したのは、オレの担当班だったんだ。でもオレは日本を離れて長いし、もともと関西の出身で東京はよくわからなかったんで、橘に頼んだんだが、あいつも佐藤に教えてもらったと聞いたから」

そう言われて、ようやく仁志起も思い出した。

築地市場に向かうタクシーで一緒になった橘から、空手の道場や、ちゃんこ鍋について訊かれて、わかる範囲で教えたことを。

「いや、オレも急いで調べただけで、お礼を言われるようなことはしてないし……でも、お役に立てました？」

恐縮しながら仁志起が問い返すと、天城は真顔で頷いた。

「教えてもらって助かった。そもそも、ちゃんこ鍋を相撲部屋で食べたいって言われて、頭を抱えていたんで、ちゃんこ鍋専門の店があるなんて思いつかなくて……それで一度、礼を言いたいと思ってたんだ」

「いいッスよ、そんなの！　お互いさまですから」

「お互いさま？」

「そうです。オレが助けてもらうこともあるかもしれないし、幹事団のみんなで手に手を取って助け合いつつ、このジャパン・トレックを乗り切ってきたんだから」

仁志起が笑顔で答えると、天城もつられたように口元を緩めた。

「なるほど……そうか、お互いさまか」

「ええ、お互いさまです。だから気にしないでください。ガイジンさんたちの無理難題を解決するには、とにかく助け合わないと」

そう調子に乗って続けると、天城はしげしげと仁志起を見下ろしてくる。

なんだか、おもしろがっているような視線を向けられて首を傾げると、天城はいっそう楽しそうな表情で呟いた。

「……羽田が苦笑していた気持ちもわかるな」

「え？　なんですか？　羽田先輩がなんか言ってたんですか？」

もう階段を上がって目的の階に到着していたが、羽田先輩の名前が出てくると仁志起は聞き流すことができない。さっさと先に廊下を歩いていく長身の背中を追いかけながら、さらに問いかける。

「天城さん！　ねえ、めっちゃ気になるんですけど！」

「すまん。たいしたことじゃない」

「だったら教えてくださいよ、余計に気になっちゃうじゃないですか！」

仁志起が食い下がると、振り向いた天城がニヤリと笑った。

しかも浴衣に羽織姿の彼が腕を組むと、なんというか、ヤクザの親分のような威圧感を覚えないでもないが、だからといって怯むのも悔しい。仁志起も腕組みをしつつ、天城を見上げる。教えろ、このヤロー、という意思表示だ。

けれど睨み合いをするつもりはなかったらしく、天城はなんだか楽しそうに笑いながら肩をすくめた。

「本当に、たいしたことじゃないんだ。以前に誰かが羽田に訊いていて……いつも佐藤が先輩と呼んでいるから学校の後輩なのかって」

「いや、学校より、むしろ道場の……」

「そうらしいな。子供の頃、武道を習っていた道場が同じだったせいだと話していたが、先輩と呼ばれるたびに、インプリンティングを思い出すと苦笑していたんだ」

「……インプリンティング？」

「ああ。生まれたばかりのヒヨコやカモの雛が目の前にいる動くものを親だと思い込み、ついていくという……日本語だと確か、刷り込みというのか？」

そんなことを言われ、仁志起は怪訝な顔になった。それは自分がヒヨコで、羽田先輩を親鳥だと勘違いして追いかけているという意味だろうか？

しかも言われてみると、そんなに間違ってもいないような気がしてくる。

子供の頃、上級生にいじめられている自分を助けてくれた羽田先輩は、仁志起にとってヒーローだった。武道を始めたのも、勉強を頑張ってきたのも――さらにはハーバード・ビジネススクールに留学したのも羽田先輩の影響だ。

それだけに刷り込みだと言われても否定できないし、羽田先輩が苦笑していたと聞くと不安になってくる。なにしろ一方的に慕ってきたわけだし、自分でもストーカーみたいで気持ち悪いかも、と思っていたのだ。羽田先輩から直接、文句を言われたことはないが、酔狂だとか、買いかぶりすぎだと苦笑を向けられたことはある。

ただ、基本的に好きにすればいいという態度で接してくれたから迷惑はかけていないと思っていたが、違ったのだろうか？

「本当は迷惑だったのかな、オレがヒヨコみたいに追っかけてくるのが……」

立ち止まった仁志起がうつむいて、呆然（ぼうぜん）としながら呟くと、天城は歩き出そうしていた足を止めて振り向く。

「そういうわけじゃないだろう」

「だって、羽田先輩は苦笑してたって……」

「迷惑とは言っていないぞ。それに、オレが知る限り、羽田は迷惑なら迷惑だと遠慮なく言ってくると思うが？」

「……オレも、そう思います。厳しいけど公平だし」

「そうだな。わかってるじゃないか。羽田は公平だから、迷惑なら佐藤にも面と向かってきっぱりと言うはずだ。言われていないなら迷惑じゃない。安心しろ」

「あ、安心しろって言われても、さっき苦笑してたって言ったじゃないですか！」

「だから言っただろう、インプリンティングだと」

「ヒヨコか、オレは」

仁志起は敬語も忘れて憮然（ぶぜん）とした口調で吐き捨てるが、天城は忌々（いまいま）しいほど楽しそうに笑いながら問いかけてくる。

「なあ、佐藤？　たとえばの話だが、おまえが今、ここでヒヨコから親だと間違えられてどこに行くにもついてこられたらどう思う？」

「オレが？　ヒヨコに？」

怪訝な顔で問い返しても、天城は楽しげに頷く。

この人、もしかすると、意外と性格が悪いんじゃないか、と思いながらも腕組みをした仁志起は真剣に考える。

「ヒヨコ……ヒヨコがついてきたら？　うーん、可愛いけど、ちょっと困るな」

「そうだろう？　そんなふうに困っているんだと思うぞ、羽田も」

「……へ？」

キョトンとした仁志起の肩を叩いて、ニヤリと笑った天城は背中を向けると、さっさと自分の担当班の部屋に入っていく。そんなふうってどんなふうだよっ、と意味不明だが、ここで彼を引き戻して意味を問いただすのは難しい。それに、自分でよく考えてみろ、と問題を投げかけられたような気分だ。

（しかし、刷り込みかあ……うまいこと言うよなー、さすが羽田先輩だな）

仁志起は首をひねりながらも感心し、あらためて考える。

脳内に浮かんでくるのは、春先になるとニュースで見かけるカルガモの親子だ。

交通量の多い大通りをカルガモの親子が行列を作って横断し、わざわざ警官や警備員が車を停めて誘導する、あの光景だ。あれこそ、まさに可愛いけど困るというか、困るけど迷惑じゃない、むしろ頑張れ、という状況だろうか？

けれど羽田先輩を追いかけている自分の姿は、はたから見ると親鳥の後ろをヨチヨチと追いかける雛のようなのか、と思ったら無性に恥ずかしくなってきた。

頭を抱え込みたくなっていると、すぐそばにある客室のドアが勢いよく開いた。

「……あ、ニシキ！　ちょうどよかった！　助けて！」

「ヤスミン？　どうしたんだよ」

あわてて駆け寄ったが、ヤスミンの姿が目に入った途端、足が止まる。ホテルの浴衣を着ようとしていたところなのか、ちゃんと帯を結んでいなくて、それこそガウンのように羽織って襟元を押さえているだけなのだ。さすがに目のやり場に困る。

「お、おい、ヤスミン！　浴衣をちゃんと着ろよ！」

「だって、これ、うまく着られないのよ！　どうやればいいの？」

「どうやればって……いくらなんでも女子の着替えは手伝えないって！　ちまちゃんか、わたりんの奥様を急いで呼んでくるから」

幹事団の紅一点である千牧と、助っ人として唯一の妻帯者である渡利の奥さんがいると思い出して、あわてて連絡しようとすると、ヤスミンが首を振った。

「もう連絡したわ！　だけど二人とも、あっちこっちの部屋で、ちゃんと着られない子を手伝ってるから手が空かないんだって！　ホテルのスタッフも忙しくて来てくれないからニシキを探そうと思ったの。お願い、助けて！」

「だ、だからって……ヤスミン、おい！　待てってば！」

「気になるなら目をつぶってて！」

「目をつぶって着替えの手助けができるかッ！」

むんずと腕をつかまれ、どこからともなく甘い柑橘系の香りが漂ってくる女子の部屋に引きずり込まれそうになって、仁志起はさすがに抵抗した。すると騒ぎに気づいたのか、隣の部屋のドアが開き、金髪の長身があらわれた。

「どうしたんだ、ニシキ？　ヤスミン？」

ドアから顔を出し、訝しげに声をかけてくるジェイクも浴衣姿だ。

なかなか上手に着ているので感心してから、そんな場合じゃないと我に返る。

「ジェイク、助けて！」

「違うでしょ！　助けてほしいのは、わたしたちだってば！」

ヤスミンがそう叫ぶと、部屋の奥から他の女子たちも、わらわらと姿を見せた。

しかも、その誰もが浴衣の着方がわからないらしく、ただ身体に巻きつけているような有様なのだ。その上、インド美人のアシュウィニに始まり、イタリアやフランス、さらにブラジル出身の女子学生なので、出るところは出るというより、どーんと飛び出しているセクシーダイナマイト・ボディに浴衣を巻きつけただけの美女たちに取り囲まれ、これはどんなアダルトビデオなんだ、と赤面した仁志起は叫びたくなった。

「ああ、よかった！　来てくれたのね、ニシキ！」

「どうやったら、ちゃんと着られるの？　わたしたちを助けて！」

グイグイと腕を引かれ、しがみつかれながら仁志起は目が回る気分だ。

その上、ジェイクの後ろから、他の男子学生も次々と目を輝かせながらあらわれる。

だが、その中にいるカナダ出身の学生が、胸元から派手に胸毛を見せつけるかのように浴衣を着ていることに気づいた。

浴衣を素肌の上から着るか、インナーやTシャツの上から着るか、好みは分かれるが、あんなに見せつけなくてもいいじゃん、と苦笑したくなった仁志起は、はたと気がつくとサンバ・カーニバルのようになった女子学生たちをドアの向こうに押し戻し、ヤスミンに向かって訴えた。

「手伝うよ、ヤスミン！　でも、頼むから浴衣の下になんか着てくれ。タンクトップとかショートパンツとか、万が一、着崩れても平気なヤツ！　オレは、あっちの男部屋を先にチェックするから準備ができたら呼んで！」

「わかったわ、ニシキ、ありがとう！」

ヤスミンの返事に頷いた仁志起は、ひとまず廊下で鈴なりになって美女のカーニバルを見物していた男子学生たちをまとめて追い払った。なにしろ、ジェイクまで腕組みをして眺めていたのだ。

思わず、睨むように見上げてから、ふと違和感を覚えた。

「あれれ？　ジェイク、浴衣が左前になってるよ」

「え？　ちゃんと着たはずだが……」

「もしかして鏡を見ながら着た？　それで逆になったんだよ、きっと。この部屋、全員が左前だもん」

そう言いながら部屋に入ってきた仁志起は、ドアの脇にある全身が映る鏡を示しつつ、苦笑を浮かべる。一応、今夜の宴会のドレスコードが浴衣なので、ジャパン・トレックのガイドブックでも浴衣の着方を図解し、説明してあるのだ。しかし、幹事団にも一人では着られないメンバーがいるし、外国人なら推して知るべしだろう。

とりあえず、全員の左前を直してもらってから、帯がほどけにくい結び方を伝授する。

それから羽織を着付けてやっていると、ちゃんと着られなかった他の部屋の学生まで、次々とあらわれる。

「あっちの部屋では行列ができてるんだ。ここで頼んでもいいか？」

「ニシキ、お手上げだ。助けてくれ」

「わかったから、そこに並んでて。順番にやるから」

どうやら、どこの部屋も浴衣の着付け教室になっているらしいぞ、と推測した仁志起は邪魔になる袖を払い、余っていた帯でたすき掛けにする。

OH!
NIN
JYA!

すると、それを見ていた周囲から、一斉に歓声が上がった。口笛や拍手が沸き起こり、仁志起が怪訝な顔をすると、クロサワの映画で観たことがある、本物のサムライだ、とか呟く声が聞こえてくる。しかし、たすき掛けのどこが本物のサムライなんだ、と仁志起は首を傾げるしかない。

「こんなはずじゃなかったんだけどなー、わけわかんねー」

仁志起が小声でぼやくと、見るに見かねたのか、手助けをするアシスタント役を買って出てくれたジェイクが楽しそうに笑った。

「なんだよ、ジェイク？　そんなに笑わなくてもいいじゃん」

「ごめん。ニシキが一生懸命だから、つい……」

「一生懸命だと笑われるのか、オレ？」

不満そうに口唇を尖らせると、ジェイクは微笑んで首を振る。

「そうじゃない。いつも全力でトラブルに立ち向かっているから、なんてニシキは頼りになるんだろうって思ってるんだよ」

「頼りになる？　オレが？」

仁志起は驚いて問い返すが、ジェイクからの返事を聞く前に開いていたドアの向こうにヤスミンがあらわれ、早く早く、と手招きをする。

「ニシキ！　準備ができたから助けて！」

「了解。んじゃ、ジェイク、その話はまた後で」

　そう言いながら部屋を出ていく仁志起を見送ってくれたジェイクは、ずっと楽しそうな微笑みを浮かべていた。


　ドン、ドン、ドン、と和太鼓の音が響き渡ると、宴会場が静まり返った。

　すべてを開け放ったら二百人は入れるという広々としたお座敷には、小上がりになった舞台があり、緞帳の上に〈歓迎　ＨＢＳ御一行様〉という横断幕まで掲げてあるのが、まさしく宴会だ。

　しかも和太鼓の音に合わせて、幕が上がった舞台の上にはジャパン・トレック幹事団の十一人が前後二列になって正座し、深々と頭を下げている。なんだか歌舞伎の襲名披露を思い出すような光景だが、宴会場は大爆笑で拍手が湧き起こっていた。

　オープニングを練りに練って、ミーティングのたびに練習させてきた佐藤１が、脳内でガッツポーズを決めているのが目に見えるようだ。

　そして、司会進行役でもある佐藤１は真っ先に頭を上げると、マイクも取らずに地声で朗々と口上を述べる。

「トザイ、トザァアアアアアアアアアアイ！　幹事団一座、高うはございまするが、ごめんこうむりまして、口上申し上げたてまつりまする！」

それを聞いて、舞台で正座をしている仁志起は口元が緩んだ。外国人学生たちも口上の意味はわからないだろうが、なんとなく楽しそうだと耳を傾けている。すると前後にいる誰かが小声で囁く。

「……ノリノリだな、佐藤1」

「授業でも、これぐらい堂々と発言すればいいのに」

鋭すぎる突っ込みに失笑が漏れると、締めの決まり文句が聞こえてきた。

「どうぞ、みなみなさまッ！　隅から隅まで、ずずっ、ずいぃいいいいいいいいいっとッ、請い願い上げたてまつりまするッ！」

芝居がかった仰々しい口上を言い終えて、佐藤1があらためて深々とお辞儀をすると、幹事団のメンバーもそれに続くようにお辞儀をする。

すると、またしても割れんばかりの大きな拍手と歓声が上がった。

なかなかの好感触だ。つかみはOKというところだろうか？

『それでは、みなさん！　一週間にわたるジャパン・トレックも、ついに最後の夜です。まずは乾杯と参りましょう！』

マイクをつかんだ佐藤1は立ち上がって、ビールのグラスを高々と掲げる。

それを合図に舞台にいた幹事団も立ち上がり、用意してあった乾杯用の瓶ビールを手に各自の担当班の元に散っていった。

だが、日本の宴会に馴染みがない外国人学生たちは訝しげだ。

仁志起は、ジェイクたちが座っている場所に向かうと、それぞれの前にあるお膳(ぜん)の横に用意されたグラスを手に取るように促し、次々とビールを注いでいく。

海外のパーティーだとドリンクは専用のカウンターで受け取るものだし、乾杯もすでに飲み物が注がれたグラスですることが多い。

つまり、日本のようなお酌という文化が存在しないのだ。

だが、ここにいる外国人学生たちはエリートだし、いずれは管理職になるんだろうし、ジャパン・トレックに参加したからには日本の文化に関心があるわけで、ＨＢＳ卒業後に日本で働いたり、日本企業と関(かか)わることもあるだろう。

だから、日本独特の接待や、お酌という文化も知っておくべきだというのが、佐藤1を始めとした商社マン組の主張だ。

屁理屈(へりくつ)とか三段論法的だと思わないわけでもないが、ジャパン・トレックは会社訪問や工場見学だけじゃなく、日本の文化を知ってもらうことも大切なポイントだし、幹事団のほとんどが社会人として就労経験があり、日本独特の接待という習慣も経験済みなので、この場で披露することもやぶさかではない。

そんなわけで幹事団もノリノリで担当班のみんなにお酌をして、乾杯の準備をすると、ジャパン・トレックに同行したハーバード大学の教授が舞台に上がって挨拶をし、乾杯の音頭を取ってくれた。一行の中で、もっとも偉い人を引っぱり出して挨拶をさせるのも、いかにも日本の宴会らしいだろう。それでも、ここまで大きい宴会場で百人以上が一斉に乾杯するなんて仁志起も初めての経験だ。

どことなく違うイントネーションで、カンパーイと叫ぶ声もある一方で、プロースト、チェリオ、サルー、チアーズ——外国人学生たちがそれぞれの母国の言葉で乾杯と言い、グラスを打ち合わせているのも楽しい。

おそろいのホテルの浴衣に羽織姿の彼らの前には、いかにも温泉旅館という会席料理が並んでいる。乾杯が終わるとともに待ちきれないとばかりに箸(はし)を取っている学生の横で、スマートフォンで撮影している学生も少なくない。ＳＮＳにもジャパン・トレック関係のハッシュタグつきで数多くの写真がアップされているのだ。

そんな光景を眺めながら、舞台袖に移動した佐藤１がマイクを手に言った。

「さあ、みなさん！　ひとまず目の前のお食事をお楽しみください！　ただし、その間、幹事団がお酌に回ります。これはおもてなしです！　宴会という文化です。日本の文化を知るチャンスなのでおつき合いください！」

そんな言葉に笑い声が上がる中、仁志起も新しい瓶ビールを手にする。

「んじゃ、まず基本から！　お酌という文化は人間関係を円滑にすると思われてるんで、下っ端が上役にするのが大切なんだよ」

そう言いながら、仁志起は担当班の面々にグラスを空にするように促すが、ヤスミンはご自慢の最新型の小型カメラを片手に言い返してくる。

「あら、ニシキは下っ端だったの？」

「そもそも誰が上役？」

「それより、オシャクって職場だけのマナーなの？　日本では、いつでも上下関係があるメンバーだけでパーティーをしているの？」

ヤスミンと一緒にいる女子たちまで口々に疑問を投げつけてくると、もうお手上げだ。細かいことはいいんだよ、黙って飲めよ、と言いたくなる。オレの酒が飲めないのか、と最初に言った人の気持ちも今ならわからないでもない。

そもそも、海外では会社の上司や同僚と飲みに行くようなことは少ないらしい。

おそらく上司にお酌をするのも、させられるのもパワハラ、セクハラになるんだろう。

ただ、無理に酒を飲ませるとか上司の左右に強引に女性を座らせるとか、そんなことは言語道断だが、同じ場所で働く人々がプライベートでも交流し、理解を深めるのは仕事を円滑に進めるために必要だというのが、大手商社で営業部エースとして宴会術を極めたと自称する佐藤1の主張だ。

日本を知ってもらうなら、日本ならではの文化――宴会も入れるべきだと企画立案した彼の熱意に押され、幹事団もつき合う羽目になったが、最初の口上から大受けだったし、これはこれでいいアイディアだったようだ。

女の子たちは疑問を呈しながらも仁志起の酌を受けてくれたし、ヤスミンから頼まれて浴衣の着付けを手伝った子たちからは、ご返杯までしてもらった上、この浴衣の着心地は最高だし、とてもリラックスできるからホテルのショップでお土産(みやげ)用に売っているものを買っちゃった、などと言ってもらえば嬉しくなる。

だが、上機嫌になったまま、自分も今のうちに腹ごしらえをしておこうと箸を取ると、隣に座っているジェイクに気遣うような視線を向けられた。

「ニシキ、だいじょうぶか？」

「……んんー？　だいじょうぶって？」

おいしそうだったので、さっそく口の中に入れた煮物のサトイモを頬張(ほおば)った仁志起は、訝しげに首を傾げる。

すると、ジェイクはビールのグラスを片手に顔をしかめた。

「さっきから、ずっとみんなにビールを注いで回って、だいぶ飲んでいるけど……自分がアルコールに弱いって忘れていないか？」

責めるような口調で言われても、仁志起は顔を引きつらせて苦笑するしかない。

なにしろ、ジェイクが心配するのも当たり前で、仁志起はアルコールに弱いというか、酒での失敗が非常に多い。

アレルギーとか、飲んだら命に関わる体質の問題でないあたりが余計に困るというか、シャンパンやビールはめちゃくちゃ好きだし、わいわい楽しく飲むのも大好きだ。ただ、残念なことに、とてつもなく弱いのだ。

すぐに酔っぱらってしまって機嫌がよくなるというか、よくなりすぎるというべきか、気が大きくなって取り返しのつかないトラブルを起こしてしまう。

何度も失敗しているだけに注意はしているのだが、社会人にもなると、酒の席で一滴も飲まないというのは難しかったし、そもそもお酒を飲むことは好きなのだ。適量が人より大幅に少ないだけで。

そんなわけで、酔っぱらって電柱に絞め技をかけたとか、人前で素っ裸になったとか、公園や駅のホームで爆睡したあげく、未成年に間違えられて補導されそうになったとか、笑い飛ばせない失敗は数知れない。

しかも留学してからもあいかわらずで、初日からシャンパンで酔っぱらい、ジェイクを口説いているのだ。仁志起はほとんど覚えていなかったが、ジェイクは忘れてくれない。というか、それほど熱烈に、ハンサムだとか、金髪や青い目がきれいだとか、めいっぱい褒めちぎったらしい。

おかげで、ジェイクから部屋に誘われて、ウキウキついていったあげく、留学初日からバック・ヴァージン喪失という、とんでもない目に遭ったのだ。

もちろん、すべて仁志起の自業自得だが。

（ただ、そうはいっても……それがキッカケというわけじゃないけど、おかげで生まれて初めての恋人ができたわけだし、悪いことばっかりじゃないよな）

そう心の中で開き直った仁志起は、うっかりニヤニヤしてしまった。

すると、それに気づいたジェイクが、これ見よがしに大きな溜息をついた。

「ニシキは自覚が足りない」

「ごめん、ごめん！　ちゃんと自覚してるから！　だから、ジェイクがいないところでは絶対に飲まないし、空っ腹でも飲まないよ！」

あわてて言い返し、仁志起は前菜の盛り合わせを平らげていく。

どんな言い訳をしても、自分には前科があるので疑われても仕方がない。

以前、試験明けの空きっ腹に、ジェイクの地元から送ってきたアップルサイダーというリンゴのお酒を飲み、不覚にもぶっ倒れたことがあるのだ。

そもそも、パーティースクールと一部から呼ばれてしまうほど、HBSはパーティーやイベントが多い。それだけに禁酒を早々にあきらめた仁志起は、ジェイクがいない時には一切飲まないことにしている。

いつも一緒にいる恋人がお目付け役になってくれるとマジで助かるよなー、とこっそりほくそ笑みながら、仁志起は小鉢に箸を伸ばしつつ、ジェイクに囁いた。

「そうだ。ジェイクが心配するといけないから、内緒で先に言っておくけど……この後、日本の伝統的な宴会芸っていうか、余興で幹事団がショート・コント？　いや、違うな。パフォーマンス・ショーかな？　まあ、そんなことをやるんだ」

「……ショー？」

「うん。みんなに笑ってもらって、楽しんでもらおうっていうショーなんだけど、オレ、ビールを一気飲みするけど驚かないでね」

そう言った途端、ジェイクは責めるような目で睨みつけてくるので、仁志起はあわてて説明した。

「あ、だけど、これは秘密だよ！　ビールに見えるだけで中身は違うから！　一気飲みのパフォーマンスなんだってば」

そう種明かしをしても、ジェイクは心配そうな顔つきだ。

仕方がないので、ビールを一気飲みとかケーキを一気食いとか、日本の宴会でよくあるショーをやるだけだよ、と小声で伝えておく。訝しむような顔で聞いていたジェイクは、片手で眼鏡の位置を直しながら、あらためて溜息を漏らした。

「それならいいけど……個人的に、そんなショーは好きになれないな」

「うーん、まあね。確かに、日本でもバカバカしいと思ってる人も多いと思う。だけど、大手商社で営業部のエースだったと自称している佐藤1が言うには、バカバカしい遊びを本気で楽しむことも大切なんだって」

　仁志起が苦笑気味に答えると、ジェイクも苦笑する。

「まあ、バカバカしいかはともかく、遊ぶ時は本気で遊ぶべきだ」

「だったら、けっこう本気で遊べると思うよ。この後にやるクイズ大会も」

「クイズ大会？」

「うん、賞品がマジですごい。幹事団の知り合いに有名なホテル・グループにコネがある人がいたんで、世界中どこでも使えるスイートルームの宿泊券が一番の目玉！」

　しかも名前を言えば誰でも知っている、世界中の有名観光地に必ずあるセレブ御用達（ごようたし）のホテル＆リゾートの宿泊券だったので、ジェイクも青い目を丸くして驚く。

「それはすごい」

「だよね！　みんなも驚くと思うから楽しみだよ」

　お膳に並んだ料理を食べながら、そんな話をするうちにお食事タイムも一段落となり、司会進行の佐藤1が幹事団に召集をかけてきたので、仁志起もあわてて残りをかき込んで舞台袖に向かった。

　幹事団がそろったのを見計らって、佐藤1はマイクを持って舞台に上がる。

　宴会場には拍手が沸き起こり、ピーピーと口笛もうるさい。ただでさえ騒々しい連中は酒が入ったせいか、騒々しさＭＡＸだ。その騒ぎを片手で静めると、佐藤1はにこやかに挨拶した。

『……さて、みなさん！　お食事はお進みでしょうか？　そろそろ日本の宴会ならではの余興、ゲームをご紹介したいと思います！』

　そんな言葉とともに、宴会場には必ずある座布団を使うゲームが始まった。

　幹事団の担当班がチームとなって、一人ずつ舞台に出てもらい、椅子取りゲームならぬ座布団取りゲームから始まり、積み重ねた座布団の上に乗ってもらって一枚ずつ引き抜く人間ダルマ落としでも大いに盛り上がる。

　ゲームで使う座布団を運んだり、熱中する外国人たちの乱れた浴衣を直してやる裏方に徹していた仁志起だったが、予想以上に盛り上がっていることに驚いた。

　結局のところ、誰もがお祭り騒ぎが好きだし、ノリがいいのだ。

　しかも勝ち負けにこだわる傾向が強い上に、担当班ごとのチーム対抗戦だったことも、この盛り上がりに一役買っている。

　そして、ついに余興のゲームも最後になった。

『さあ、大変に盛り上がってきましたが、これからがゲーム大会の本番です！　幹事団が集めた豪華賞品が当たる勝ち抜きクイズ大会です！』

そう言った途端、舞台の壁が明るくなった。

そこには、わざわざレンタルしたプロジェクターのスクリーンが用意されている。

スクリーンには現在、誰でも知っている世界でも有名なホテル&リゾート・グループのシンボルマークが映っていて、それに気づいた外国人学生がざわつき始めると、佐藤1は声も高らかに告げる。

『勝ち抜いた優勝者への賞品は、この宿泊券となります！』

そんな言葉とともに宿泊券の画像と、いつでも希望する場所と日程でスイートルームに泊まれるといった説明がスクリーンにあらわれると騒然となる。

舞台袖に控える仁志起も興奮気味に呟いた。

「すっげー！　みんな目が本気になった」

「そりゃそうだよ、オレだって中江くんが持ってきた時に着服したかったもん」

賞品の取りまとめ役の渡利が本音を漏らすと、舞台袖に集まった誰もが突っ込む。

「おいおい、わたりん！　やめてくれよ、気持ちはわかるけど」

「つーか、わたりんは幹事団を手伝ってくれた奥様にサービスしなきゃいけないだけに、あの宿泊券が欲しくなるんだよな」

「そうなんだよー！　なあ、中江くん。オレにも個人的に宿泊券をもらえない？」

そんなふうに泣きつかれても、当の中江は困ったように微笑むだけだ。

誰もが驚くような豪華賞品を提供した功を誇ることもなく、物静かでありつつも独特の存在感を漂わせる彼は謎めいた美青年だ。東京滞在中のパーティーでも政財界のVIPと知り合いだったのか、親しげに挨拶を交わしているので商社マン組や大物政治家の孫まで驚いていた。彼は亡父の遺した貿易会社を継ぐために留学したそうで、挨拶していたのも父親の知人らしい。それでも、パーティーで久しぶりに会ったので頼んでみたら、即座に宿泊券を用意してもらえるなんて、彼の謎は深まるばかりだ。

仁志起が首をひねる間も賞品の発表は続き、宴会場はいっそう騒がしくなる。なにしろ優勝賞品は豪華な宿泊券だが、二位以下は一気にグレードが下がるのだ。会社訪問をしたカシマ発動機やハルナ運輸でもらったミニカーや、東京タワーの模型に東京スカイツリーのペーパークラフトはまだしも、なんで選んだと突っ込みたくなるのはハーバード大学の校章が胸にプリントされたロゴ入りTシャツだ。

そんなものは自分で買えるし、イベントがあれば配るようなグッズなのだ。

これを選んだ渡利は幹事団の他のメンバーからフルボッコを食らっていたし、案の定、最後まで勝ち残ったベスト9には、もれなく校章のロゴ入りTシャツを贈ると発表したら大ブーイングが起こった。外国人学生は正直なのだ。だが、そんな中でも、あれを着ると学校がなつかしくなるのに、と首を傾げていられる渡利は大物かもしれない。このノリで官費留学組だし、妻帯者なのだから彼も謎の男だ。

ともかくクイズの賞品が舞台に並べられ、酒も回ってきた宴会場が騒がしくなる中で、司会である佐藤1が叫ぶ。

『それではッ！　勝ち抜きクイズ大会を始めましょう！』

その言葉とともに、スクリーンには誰もがよく知っている検索サイトのトップページがあらわれるが、そこには同じ検索ウインドウが二つ並んでいた。

さっきから舞台袖ではタブレット端末を神業のごときスピードで操作している千牧と、同じようにノートパソコンのキーボードをすばやく叩く羽田先輩がいる。

ジャパン・トレックのミーティングで、司会の佐藤1に合わせてスクリーンをすばやくオペレーションする適任者を選ぶテストを行い、それで決まった二人なのだ。羽田先輩のタッチ・タイピングは圧倒的に速く、しかもミスがない。一方、千牧はキーボード入力は普通だったが、タブレット端末のタッチパネルを使ったフリック入力が鬼のように速く、早回しのように指が動くのだ。

最速の二人が操作するスクリーンに誰もが注目すると、佐藤1が説明する。

『さてさて！　実は、今夜の勝ち抜きクイズ大会には正解がありません！　検索ワードと検索結果があるだけです。まずは我らが愛すべき母校、ハーバード・ビジネススクールで試してみましょう！』

その声とともに、スクリーンの検索ウインドウには文字が入力される。

一瞬で表示された検索結果は、約108000000件。ただし、これは日本語で検索した場合であり、英語だと約2800000000件と跳ね上がる。

その画面を見ながら、佐藤1は続ける。

『それでは、我らがHBSの同胞でもあるケネディ・スクールは？』

その声で検索ワードが、HBSの川向こうにあるケネディ・スクールに変わった途端、数字も変わる。約426000件という結果にざわめく中、佐藤1はさらに続ける。

『さて、みなさん！　ここから勝ち抜きクイズ大会、第一問の出題です。我らが敬愛するMITことマサチューセッツ工科大学！　日本語での検索結果はHBSよりも多いのか、少ないのか！』

出題した途端、宴会場が一斉にどよめいた。インターネットの世界は常に動いている。検索結果は毎日変わる。同じ言葉でも空白のスペースやドットのあるなしでも変わるし、大きなニュースでもあった時には激変するのだ。

しかも出題のネタは、同じボストンにある有名大学で、ライバル意識が強いというか、何かと比べられるMITだ。そのせいか、一問目からヒートアップする宴会場に幹事団が散らばっていく。

『多いと思う人は座ったまま、少ないと思う人は立って！　あ、あわてて自分のスマホで調べるな！　幹事団がチェックしてるから、不正を見つけたら即刻退場！』

そんなアナウンスに宴席から苦笑が漏れるが、ざわざわしながら立ったり、座ったりと誰もが楽しそうだ。佐藤1がマイクでカウントダウンをするので、数え終わった瞬間でのポジションが回答となる。こんな時の常というか、宴席は座った学生と立っている学生がほぼ半々という感じだった。

『——では、結果を見てみましょう！』

佐藤1の声を合図に、舞台のスクリーンにハーバード・ビジネススクールの検索結果が出る。約10800000件だ。すぐさま、その横にある、もうひとつの検索ウインドウにマサチューセッツ工科大学と入力され、瞬く間に結果が出てくる。約41400000件、MITが圧倒的に多い。宴会場には悲鳴のような声が上がり、MITのほうが多い回答を選んだ学生たちまで、マジかよ、と驚いている。

大騒ぎの中、仁志起を始めとした宴席に散らばった回答監視員は、座ったままの学生の手や腕にスタンプを押す。これが勝ち抜けした証拠になるわけだ。

仁志起が次々と押していくと、座ったままの中にはジェイクもいた。

「あれー、ジェイクはMITに賭けたのかよ」

「立つのが面倒だったんだ……というか、このスタンプは？」

ぺったんと手の甲に赤いスタンプを押され、ジェイクが怪訝な顔になるので、仁志起はニカッと笑う。

「これが勝ち抜けの印だよ。日本でめちゃくちゃ有名なスタンプで、意味は……うーんと英語で言うところのグッドジョブかな？」

そう答えつつ、手に持っているスタンプの印面を見せる。

そこには［たいへんよくできました］という文字が並んでいる。

幹事団の連中が、宴会芸の仕込みのために買い物に行ったイベントグッズのショップで見つけてきたらしい。よく見つけたなー、と感心する上に、それをここで使おうと考える発想にも脱帽するしかない。

ともかく勝ち抜けスタンプを押された学生が立ち上がって、そこから第二問、第三問と検索結果との勝負が続く。なるほど、そうなるよな、と納得できる結果ばかりではなく、意外に思うような結果も出てくるので、いちいち盛り上がる。

宴会の余興としても、よくあるビンゴゲームよりも多少は知的だろう。

いつの間にか、勝ち続けて立っている人が少なくなってきたので、スタンプが押された腕を見せながら舞台に出てきてもらったが、その八人の中に驚いたことにジェイクがまだ残っていた。

ひとまず残った八人全員には校章のロゴ入りTシャツが贈られると、宴会場には失笑が漏れる。しかも受けを狙（ねら）ったのか、勝ち抜けスタンプを顔中に押されたお調子者な一人が浴衣の上から強引にTシャツを着てしまったので大爆笑だ。

そして、舞台に並んだ八人に対し、クイズが出題され、二対六に答えが分かれた。誰もが固唾を呑む中、検索結果が出ると六人が敗退。残るは二人――ついに決勝だが、残った二人のうち、片方はジェイクだった。

仁志起はジェイクの浴衣の袖をまくり上げて、すでに押すところがなくなったので肘にスタンプを押しながら声をかける。

「すごいじゃん、ジェイク！　決勝だよ！」

「いや、実は僕も驚いてる」

いつものように真顔でウインクを投げられ、仁志起は噴き出した。

一方、宴会場は大騒ぎだ。ジェイクが所属するセクションCや、英国出身の学生たちがUKコールを始めると、決勝の相手も腕を振り回しながら周囲を煽って、USAコールが沸き起こる。どうやら彼はアメリカ人らしい。

『ついに決勝です！　せっかくだし、勝ち残った二人に自己紹介をしてもらいましょう。まずはこちらの方、所属セクションとお名前、ご出身を……』

司会の佐藤1は静かにするように手を振りながら、スタンプだらけの顔で浴衣の上からTシャツを着た学生にマイクを向ける。

『セクションBのベンジャミン・ブラッドリーだ！　アメリカのジョージア州アトランタ出身！　アトランタ・ブレーブス最高ッ！』

そう叫び、腕を突き上げるベンジャミンに歓声と笑い声が沸き上がる。

しかも、うお〜〜っ、と謎の雄叫びを上げながら栗色の巻き毛を振り乱し、舞台の上をグルグルと走り回っているから本当におかしい。

一方のジェイクは腕を組み、それを冷静に眺めている。こんな時でも、いつものように落ちつき払っていて、佐藤1にマイクを向けられても淡々と名乗る。

『セクションCのジェイク・ウォードだ。イングランド北東部の出身だが、フルネームは長いので……』

だが、それを聞いた佐藤1はすかさず突っ込む。

『かまいませんよ、どんなに長いお名前であっても！　由緒正しい家柄だったら、どうぞ遠慮なく、どーんと名乗ってください！』

そう言われ、ジェイクは苦笑しながら答える。

『出生時につけられた名前は、ジェイムズ・グレアム・スチュワート・ウォード。称号はハーディントン伯爵だ』

それを聞いた宴会場から、おおっ、とどよめきが漏れた。

同期生に本物の英国貴族がいるとか、このジャパン・トレックにも参加しているとか、知ってはいても、フルネームとか爵位までは把握していなかったのかもしれない。だが、ジェイクは肩をすくめるだけだ。

そんな中で、佐藤1がスクリーンを手で示す。そこには、ユニオンジャックと星条旗が並んでいた。ナショナリティーで煽ると、否応(いやおう)なく熱気が増す。ジェイクはヨーロッパ、ベンジャミンは北米代表という感じだ。

しかし、肝心の勝負があっさりとは決まらなかった。

次々と検索ワードが入力されるが、ジェイクとベンジャミンの答えが分かれないのだ。どちらも同じ結果を選ぶので勝敗がつかない。UKコールとUSAコールが怒号のように繰り返され、宴会場はヒートアップするばかりだ。

あらかじめ準備してあった検索ワードも出尽くし、羽田先輩と千牧が小声でヒソヒソと相談を始めるので、仁志起も近寄って耳をそばだてる。

「……どっちが多くなるか、すぐわかるようなワードじゃなくて」

「だって、母国がらみなら母国側を選ぶわよ」

「そうはいっても、UKとUSAなら文字数が少ないほうが多いに決まってる」

「カタカナで、アメリカとイギリスならどう?」

「アメリカのほうが多いんじゃないか」

「ブリティッシュ・ジョークとアメリカン・ジョークだったら?」

そんな囁きを聞きつけて、仁志起はふと思いつく。

「ねえ、だったら米国と英国は?」

そう提案した途端、羽田先輩と千牧が一瞬、黙り込んだ。けれど、即座にタブレットやノートパソコンに向かい始めたので、どうやら使えると思ってくれたらしい。すぐさま、羽田先輩が片手を挙げて、佐藤1に合図を送る。

『さあ、これで勝負がつくでしょうか！　次の検索ワードは？』

その声とともに、スクリーンの検索ウインドウには二つの言葉が並んだ。

〈米国〉と〈英国〉だ。注釈として日本でのアメリカの通称が米国で、イギリスの通称が英国という説明も並び、宴会場は大騒ぎになった。どちらも日本と繋がりが深い国だし、ニュースでも頻繁に出てくる。アナウンサーならアメリカやイギリスと呼ぶが、文字数に制限がある新聞やネット・ニュースの見出しでは省略することも多い。

これには、さすがに舞台にいる二人もしばらく考え込んでいたが、やっぱりお調子者のベンジャミンが口火を切った。

「オレは母国を信じる！　なんでも、アメリカのほうが多い！　いつだって、どこだってオレはアメリカ第一主義だ～～～ッ！」

そんな絶叫に、USAコールとともにブーイングも起こる。アメリカ人だけじゃなく、カナダや南米出身の学生たちまで、ヒューヒューと口笛や指笛を鳴らすような騒ぎの中、ジェイクは腕を組んだままで微笑んだ。

「いいだろう。僕も女王陛下には忠誠を誓っている」

そう答えるや否や、宴会場には歓声が上がった。ＵＫコールとともに、誰かが高らかにイギリス国歌の〈God Save the Queen〉まで歌い始めている。

ついに勝負が決まる最後の設問だ。司会の佐藤1まで興奮気味に叫んだ。

『それでは、みなさん、お待ちかねの検索結果を見てみましょうッ！　米国が多いのか、それとも英国が多いのか？』

スクリーンには、一秒も待たずに検索結果が出る。

米国、約１５０００００００件。

英国、約４９９００００００件。

意外にも圧倒的に英国が多い。つまり、ジェイクの優勝だ。

結果が目に入った瞬間、ベンジャミンは絶叫しながら床に突っ伏した。大歓声の中で、ジェイクは優勝賞品であるホテル&リゾートの宿泊券を手渡され、舞台を降りても周囲にもみくちゃにされて、自分が座っていたところに戻るのも一苦労だ。

「すごいじゃん、ジェイク！　いいなあ、宿泊券！」

仁志起も抱きつきながら叫ぶと、ジェイクが耳元で声をひそめて囁く。

「どこに行きたいか、考えておいて」

「……オレが？　なんで？」

キョトンとする仁志起を見て、ジェイクは苦笑気味に答える。

「せっかくだから、二人でバカンスに行かないか？　そもそも、リゾートのホテルなんて一人で泊まるような場所じゃない」

そんな甘い囁きとともに、茶目っ気たっぷりのウインクを投げられ、仁志起はカーッと顔が熱くなった。確かに、その通りだ。スイートルームに一人で泊まるのは、あまりにも贅沢だろう。いや、そうじゃなくて、さりげなく誘ってくれるジェイクに、めちゃくちゃ感動してしまったのだ。

思いっきり頭を上下に振りながら、仁志起は頷いた。

オレの恋人ってすごい！　かっこいい！

しかも、なんてスマートな誘い方なんだろう！

ジェイクという恋人ができるまで、恋人いない歴が年齢とまったく同じだった自分には絶対に真似できない。さすが英国紳士、本物の貴族だと思うべきだろうか？

こんなことがあるたびに、仁志起はジェイクに惚れ直してしまう。

すごいなー、かなわないなー、とあこがれて、そんな彼と一緒にいられることが本当に嬉しくなってしまうのだ。

だが、仁志起がニヤニヤしながら赤くなっていると、後ろから頭を叩かれた。

「……いって！」

「ボケっとすんなよ、佐藤２！　次の準備だ！」

マイクを置いた佐藤1に乱暴に急かされ、仁志起はあわててジェイクに手を振りながら舞台袖に戻った。

クイズ大会で盛り上がった後は、幹事団総出演のショーだ。メンバーを入れ替えながらコントをするのだ。エアギターバトルのコントでは商社マン組が迫真のプレイを披露し、ケーキの一気食いバトルは千牧が驚愕のホールケーキ完食で拍手喝采だ。

仁志起は、この次の次にやるビールの一気飲みに出た後、最後のダンスにも加わって、組体操の人間ピラミッドの最上段に立つという大役が待っている。

当初、組体操を計画した商社マンたちは、紅一点でもある千牧をピラミッドの最上段に立たせようと思ったらしいが、彼女に却下されたことで早々に計画は破棄され、もっとも小柄な上に身のこなしも軽い仁志起に回ってきたのだ。おかげで、ジャパン・トレックの直前までホテルのスイートルームで練習し、アザだらけになってしまった。

(……ま、ピラミッドのてっぺんをやることになったんで、ビールの一気飲みでも中身はお茶で勘弁してもらえたんだからいいけどさ)

そう独りごち、仁志起は苦笑した。

さすがに宴会の締めというか、フィナーレなので失敗は許されない。

素面でやりたいという希望が通ったあたりは、まあ人道的だと考えるうちに、ケーキの一気食いバトルのメンバーが舞台袖に下がってきた。

あえて長身のイケメンを選んで、彼らが手のひらサイズのカップケーキを食べた後で、千牧が直径三十センチはありそうなホールケーキを平らげる衝撃は大きかった。ただし、種明かしをすると、ホールケーキといってもホイップクリームを塗って大きく見せているシフォンケーキなので、食感は普通のケーキよりも軽いらしい。

それでも千牧が自分で考えたネタだったし、あれだけ受ければ本望だろう。

「ちまちゃん、よかったな。バカ受けだったじゃん」

だが、そう声をかけても千牧は口元を押さえて廊下に飛び出していく。

顔が真っ青だったかも、とあわてて追いかけると、まっすぐに廊下の突き当たりにあるトイレに入る。もちろん女子トイレだが、人命第一だし、こんな時は仕方がない。千牧は倒れ込むように個室に入り、ドアも閉じずに吐いているようだ。

仁志起は未使用のタオルが並んだ棚を見つけると、二、三枚つかんでから、意を決して女子トイレに入った。

「……おい、ちまちゃん、生きてるか？」

そう言いながら個室を覗（のぞ）いて、タオルを差し出すと、むんずとつかんだので頼もしい。背中をさすってやるうちに一息ついたのか、ようやく顔を上げた。

「ご、ごめんね……」

「いいって、気にするなよ」

　こんな時にはジェイクのように粋なことを言って和ませてあげたいが、何も浮かばない自分がふがいないと思っていると、女子トイレの外から声が聞こえてきた。

「おい、平気か？　救急車とか必要か？」

「すみません、平気です。ちょっと気分が悪くなっただけで……」

　気丈に答えながら千牧が立とうとするので、仁志起は腕を貸して支えてやる。

　女子トイレの入り口にいたのは商社マン組の榊原だった。細面で優しげなイケメンの榊原は、持っていた水のボトルを千牧に差し出してから背後を示す。

「救急車は必要ないにしても、しばらく休んだほうがいい」

「……すみません。でも平気です。あと少しなんだし」

「平気じゃないって！　顔が青いよ」

「ああ。むしろ、あと少しだから抜けても平気だ」

　仁志起の横に来た榊原も頷いて、宴会場の脇にある渡り廊下の先に促す。

　見ると襖が静かに開き、手招きをしている男性がいる。そこは救護室代わりに用意した和室だった。にぎやかな声が宴会場から聞こえる中、千牧を左右から支えて連れていき、布団の上に寝かせてやる。見渡すと同じように体調を崩したのか、単に飲みすぎたのか、横になっている先客も数人いる。

　さっきの男性は、千牧の襟元や帯を緩めてやりながら気遣うように話しかけた。

「まだ吐き気はあります？」

「今はさほど……たぶん、ちょっと浴衣の帯が苦しくて、気分が」

答える声はしっかりしていたが、まだ顔色は悪い。ジャパン・トレックの間、幹事団はずっと忙しかったし、クイズ大会でもスクリーンのオペレーションをまかされていたし、疲れが出たのかも、と思っていると榊原が言った。

「ちま、気にしないで休めよ。おまえはジャパン・トレックが終わったら、すぐに東京に戻って外務省でセミナーがあるんだろ？」

うわー、それはきつい、と仁志起は同情してしまう。官費留学組も大変だ。

さらに榊原は、千牧の脈を診(み)ている男性に向かって言った。

「ここは頼んだぞ」

「了解ですが、そもそも飲みすぎとか食べすぎ、寝不足って人ばっかりで、オレがいても役に立たないですよ」

「役に立たないとか言うなよ、医師免許あるんだろ？」

軽口を叩き合う二人に、仁志起は首を傾げる。見覚えがあるけど誰だと悩んでいると、そんな疑問が顔に出ていたのか、千牧の枕元(まくらもと)を離れてから榊原が紹介してくれた。

「こいつは森篤志(もりあつし)。九月からＭＩＴの研究所に留学予定なんで、ボストン仲間ってことで東京でも手伝ってくれたんだ」

「そっか。東京のパーティーで見かけたかも……佐藤仁志起です、よろしく」

納得した仁志起が挨拶をすると、森も笑顔で手を差し出す。握手をしながら医師免許はあっても研究職なので臨床医じゃないとか、ハーバード大学には落ちたとか、MITしか受からなかったとか教えてもらったが、いやいや、MITに受かれば充分だろう。

考えてみれば、夏が終わったら仁志起も留学二年目に入る。

二年生の先輩たちが卒業し、一年生が入ってくると、自分は二年生になるのだ。

あっという間の一年だったな、としみじみしてしまう。

（まあ、その前に夏休みっていうか、サマーインターンがあるけど……あー、嫌なことを思い出しちゃったよ。まだIFCから連絡が来てないんだよな）

いくらなんでも、今の今まで何も連絡がないんだから落ちたんだろう。

これから新しいサマーインターン先を見つけるのも難しいから、シェイク・アーリィの紹介でIEPOに行くのか、フランツを頼ってバーガーズの北米支社に行くのか、本気で考えなければいけない。

榊原が森と話していたので、仁志起は先に救護室代わりの和室から出て、しょんぼりとうつむいていると渡り廊下の先が騒がしくなった。そうだ、まだ宴会は終わっていない。自分の出番もあったことを思い出し、あわてて駆け戻る。

「ごめん！　オレの出番は？」

「あ、いたいた、佐藤2！　次だから捜してたんだぞ、どこに行ってたんだよ」

「どうした？　ちまちゃんを追っかけてったって聞いたけど」

舞台袖にいた幹事団から口々に訊かれても、いちいち答えていられない。

仁志起はひとまず、リーダーの羽田先輩をつかまえると千牧が体調を崩し、今は榊原が一緒にいると報告しておいた。

「わかった。でも千牧がいないと小道具が……」

「なんとかなりますよ。もう最後のビールだけなんだし」

そう答えてから、仁志起は舞台を見た。

すでに食パンの一気食いバトルのラストで、一斤の食パンを両手で押しつぶし、渡利がムシャムシャと貪り食っている。何度見ても迫力の隠し芸だ。渡利いわく、この隠し芸で小学校では人気者だったというが本当だろうか？

ともかく、仁志起はコントの小道具をまとめた一角に瓶ビールのケースを見つけると、手早く運んで待機する。

バトルが終わって、大喝采の中、舞台を降りた渡利は満足そうだ。

彼らと入れ替わるように仁志起たちが舞台に上がる。一緒に出たのは謎めいた美青年の中江、目つきの鋭いイケメンの黒河、貫禄たっぷりの天城で、軽快なＢＧＭに乗りながら運んできたのは、もちろん瓶ビールのケースだ。

そこから、それぞれが瓶を引き抜き、栓を開けるとプラスチックのコップに注ぎ合って飲むが、仁志起だけは瓶から直で飲むというコントなのだ。

他のメンバーが次々と自分のコップを飲み干した後で、仁志起も持っている瓶ビールに口をつけて一息に呷(あお)る。

けれど、その瞬間——仁志起は愕然(がくぜん)とした。

持っている瓶の中身が、本物のビールだったからだ！

千牧の騒ぎで、瓶の中身を変えた小道具のことを、すっかり忘れていたのだ。

しかし、この状況でやめるわけにもいかない。何もかも自分のミスだ。己の尻(しり)ぬぐいは己でするしかない。腹を括(くく)った仁志起は、そのまま飲み干し、瓶ビールを逆さにしてから飲み切ったことをアピールする。宴会場は拍手喝采だ。瓶を掲げた仁志起の表情が、やや引きつっていると気づいた者はいないだろう。

さらに、みんなはコップにビールを注ぎ合い、空にしていく。もちろん、仁志起も次の瓶を開けて一気に飲み干した。どこで覚えたのか、外国人の学生まで、イッキ、イッキとコールをするし、丸々三本きれいに飲み干したあたりで仁志起もヤケになったというか、すっかり開き直っていた。

いや、正しくは、もう酔っぱらっていたのだ。

大喝采を受けながら舞台を降りた時には、最高の気分だった。

もちろん、その後のダンスにも、ちゃんと参加した。千牧が抜けた穴なんて、まったく感じさせない盛り上がりになったはずだ。十人でフォーメーションを組んで、グルグルと腕を回し、千手観音みたいになるのも大成功だった。

なんといっても、あれだけ練習させられたんだから当然だろう。

ただ、ビールを何本も一気飲みした後で、めいっぱい踊りまくったりしたら、いっそう酔いが回るのも当然だった。めちゃくちゃ楽しかったダンスの途中から、いつものように仁志起の記憶はない。

気づいたら、もう翌日だったのだ。

パチリ、と目を開けると、やたらと周囲が明るかった。

いや、どうやら、まぶしくて目が覚めたらしい。

しばらく見慣れない天井を眺めてから、ああ、そうだ、広島の温泉旅館だったホテルに泊まってたんだっけ、と思い出し——その記憶までたどりついた瞬間、仁志起は勢いよく飛び起きた。

「マ、マジかよ、オレ！　またやっちまったのかよ～～～～！」

そう絶叫すると、まぶしいほど明るい窓辺から聞き慣れた声が聞こえる。

「ようやく起きたか。おはよう、ニシキ」

「お、おはよう、ジェイク……ってか、オレ、また酔っぱらって、ぶっ倒れた?」

「まあ、そういうことだ」

容赦なく肯定したジェイクは、にこやかに微笑みかける。

日当たりのいい広縁に置かれた籐(とう)家具の椅子に、長い足を持て余すように座った長身はごく普通の白いシャツに洗いざらしのジーンズでもどことなく品がいい。

ああ、腹が立つほどかっこいい、と頭の片隅で思いながら、布団の上であぐらをかいた仁志起は頭を抱え込んだ。

「ちっくしょー!　またかよ、オレ……くっそー!」

どんなに昨夜の記憶を手繰り寄せても、ダンスの途中から何も思い出せなかった。幹事団のメンバーから、どんな文句を言われるのか、怖くて考えたくもない。それでも自業自得だ。小道具の瓶ビールを、本番できれいさっぱり忘れたのは自分なのだ。

それにしても、久しぶりにぐっすりと寝たせいか、めちゃくちゃ空腹だ。

あわてて時計を確かめると、すでに昼も近い時間だった。

呆然とした仁志起が時計を睨みつけたままで絶句していると、ジェイクが笑いを含んだ声をかけてくる。

「気持ちよさそうに寝ていたから起こせなかったんだ。ともかく、ジャパン・トレックは無事に終了したよ。現地解散だから、すでに他のみんなは出発済みだ。それから、そこに幹事団から差し入れがある」

　仁志起が枕元にある座卓に目を向けると、ラップをかけたおにぎりがあった。しかも玉子焼きと沢庵(たくあん)もついている。横に貼(は)ってある付箋(ふせん)は千牧からで昨日のお礼だと書いてあって、その端には昼食にお勧めだという、お好み焼き専門店の名前と電話番号が橘のサインとともに走り書きしてある。

　つまみ上げた付箋を凝視し、仁志起はしばらく悩んだ。

　千牧にお礼を言われるようなことなんて、何もしていない。まさか昨晩、女子トイレに駆けつけたことか？　だけど当たり前のことだし、仁志起の後から榊原だって来たぞ、と考えるうちに、ここは昨日の夜、救護室代わりに使った和室だと気づいた。よく見れば、床の間に自分の荷物がまとめてある。誰かが運んでくれたらしい。

　ただ、なぜか、荷物の上には勝ち抜きクイズ大会の賞品だったハーバード大学の校章がプリントされたＴシャツが置かれているのだ。

　仁志起が首を傾げると、ジェイクが笑いながら教えてくれた。

「Ｔシャツは幹事団からのＭＶＰ賞だって」

「……ＭＶＰ賞？　一枚余っててただけじゃねーの？」

怪訝な顔で呟いた仁志起は、のっそりと立ち上がると寝乱れた浴衣のまま、おにぎりの皿を持ち、ジェイクの向かいにある籐の椅子にドスンと座った。

今日は天気がいいので、ぽかぽかと日射しが気持ちいい。

仁志起の気分とは正反対だ。

すると、スマートフォンをいじっていたジェイクが立ち上がり、座卓でお茶を淹れて、湯気の上がる湯飲みを二つ運んできてくれた。お茶の淹れ方の基本を押さえているから、急須の使い方もなかなか様になっている。

「……サンキュ」

「どういたしまして」

ジェイクがローテーブルに置いてくれた湯飲みを取って、一口飲む。淹れてくれたのはほうじ茶だ。久しぶりに飲むと、しみじみとうまい。おにぎりの具は梅干しで、ぺろりと三つ平らげてから、玉子焼きもつまんで沢庵二枚をカリポリと味わうが、はっきりいって物足りない。いくらでも食べられる。

だが、空腹というよりも、ヤケ食いかもしれない。

仁志起がお茶を飲み干すと、ジェイクがスマートフォンから顔を上げる。

「お代わりは？」

「いいよ、自分でやる」

そう答えた仁志起は立ち上がって、急須にお湯を入れて戻ってきた。

自分の湯飲みに注ぎ、空だったジェイクの湯飲みにも注いでやったが、訝しげな視線を向けられたので説明しておく。

「紅茶と違って日本のお茶……緑茶は二、三回、飲めるんだ」

「そうなんだ？　これはマッチャとは違うよね？」

「うん。これは緑茶の一種で、茶葉を炒って焙じるから、ほうじ茶っていうんだよ。味もさっぱりしてるかな」

そう話しながら座り直し、仁志起はお代わりを飲みつつ、ぼそりと呟く。

「……ジェイク、迷惑かけてごめん」

「迷惑？」

「うん。オレ、またやらかしちゃって……」

消え入りそうな声で呟きながら、仁志起はうつむいた。

いつまでたっても懲りない自分が情けない。幹事団が一致団結して頑張ってきたのに、途中で酔いつぶれて爆睡してしまうなんて、最後の最後で大暴投だ。

それに、万が一を願って、ジャパン・トレックが終わるまでは望みを捨てずにいたが、ＩＦＣからサマーインターンの採用通知も来なかった。さすがに、このダブル・パンチはきつい。ヤケ食いだってしたくなる。

しょんぼりと膝を抱え込む仁志起の向かい側で、ジェイクは黙って話を聞いていた。けれど慰めの言葉なんて気休めだし、ジェイクは正しい。そもそも爆睡していた自分と一緒に残ってくれただけで有り難いくらいだ。

このお礼というか、お詫びじゃないが、これから二人で東京に戻って、仁志起の自宅に来てもらったら、めいっぱい歓待しようと心に決める。いや、その前に昼飯があるから、橘お勧めのお好み焼きを食べに行かなきゃ、きっとうまいんだろうし、と考えていると、不意にジェイクが口を開いた。

「ところで、ニシキ。確認したいんだが、メールチェックはしてる？」

「……メール？　してないけど、重要な連絡は通知が来るように設定してあるよ」

「だとしたら、僕は重要な相手じゃない？」

「まさか！　重要だよ！　ジェイクのメールは通知が来るようにしたよ！」

仁志起はあわてて言い返した。どうして、そんなことを言われなきゃいけないんだ、と憤慨してしまう。だが、ジェイクは頰杖をつき、シルバーフレームの眼鏡の位置を直し、これ見よがしな溜息を漏らした。

「なんだよ、ジェイク？」

「申し訳ないが、スマホを今すぐ見てくれないか？」

「今すぐ？」

「ああ。たった今、ニシキの前で送った僕のメールが届いたか、確認してほしい」

冷ややかな青い目に追い立てられ、仁志起はあわてて自分の荷物からスマートフォンを引っぱり出した。けれど、すぐに起動したが、メールが届いたという通知はない。あれ、変だな、と思いながら、メール・フォルダを開くと、いっぱいになっていた。というか、フォルダがパンクしそうなほど届いている。

とりあえず、届いたばかりの最新メールはジェイクのものだった。

真っ青になって設定を確かめると、いつの間にか、通知は何もかもオフになっている。誰からメールが届いても、まったく通知はない状態だ。

「ご、ごめん、ジェイク……ちゃんと設定をしたつもりだったんだけど」

「いや、そうじゃないかとは思ってた。帰国したあたりから、ニシキはまったくメールを読んでる気配がなかったし」

「……え？　マジで？　そんな前から？」

「ああ。ジャパン・トレックが始まってから、わりとすぐに確信に変わった」

「なんだよ、だったら言ってくれればよかったのに！」

振り返った仁志起が逆ギレしても、ジェイクは平然と言い返す。

「築地市場に行くタクシーの中で、メールが多くて通知を切ってると聞いたし、ニシキが幹事団で忙しいのはわかったし」

そう言われてしまったら、仁志起は逆ギレも八つ当たりもできない。いっそう自分が情けなくなってくる。

けれど、ジェイクは毎朝の予習の時のように落ちつき払った様子で告げる。

「ともかく、今すぐ僕が送ったメールを見てくれ」

「目の前にいるのに？　話があるなら言えばいいじゃん」

「いいから早く」

冷ややかな口調で促され、仕方なく仁志起はふてくされたように口唇を尖らせながら、言われた通りにジェイクから送られたばかりのメールを開いた。だが、それはジェイクのメールではなく、ジェイク経由の転送メールらしい。

もともとの送り主は、国際金融公社（ＩＦＣ）。

しかも、ＩＦＣからのサマーインターン採用通知だった。

「こ、これって……」

スマートフォンの画面を凝視しながら呆然としている仁志起に、ジェイクは苦笑気味に説明してくれた。

「……実は、僕が日本に来る前、クインシー卿（きょう）と電話で話した時に、サマーインターンでニシキを採用することは、ほぼ決まっていたようだよ。僕との電話の後、すぐにニシキに連絡すると言ってた」

だからこそ、最終確認といった感じで推薦者の僕に連絡をくれたようだし、と話すと、ジェイクは視線を逸らしてうつむく。

「でも、そんな話を聞いたにもかかわらず、いつまでたってもニシキから採用されたって連絡がないし……ジャパン・トレックで合流したら、その話になるかと思っていたのに、まったくなかったし」

もちろん、その理由はすぐわかったけど、とジェイクは苦笑しながら続ける。

「とりあえず、ニシキが届いているはずの採用通知を見ていないとわかったので、僕からクインシー卿に連絡しておいたよ。ニシキからの返事はジャパン・トレックが終わるまで待ってもらってるから……」

けれど、そんなジェイクの声は仁志起の耳に届いていなかった。

がしっと両手で握りしめたスマートフォンの画面を、ひたすら睨むように見つめながら固まっていたからだ。

そのうち、ジェイクも気づいたらしい。仁志起が自分の話を聞いていないことに。

訝しむように立ち上がったジェイクは硬直している仁志起に近づいていくと、その顔を覗き込んだ。

「……ニシキ？」

名前を呼んだ途端、仁志起は夢から覚めたように顔を上げた。

そして、まっすぐに青い目を見つめ返して、満面の笑みを浮かべる。

「やっ、やった、オレ……やったよ、ジェイク！　ジェイクと一緒にサマーインターンができるんだ！」

そう叫びながら、仁志起は勢いよく目の前の長身に飛びついた。

てっきり、もうダメだと思っていたので、めちゃくちゃ嬉しかったのだ。

「ああ、よかった！　ホントによかった〜〜！　せっかくジェイクが推薦してくれたのに不採用になったら恥をかかせちゃうと思ったんだよ」

思わず、情けない本音を漏らすと、ジェイクが抱きしめてくれる。

「そんなことは心配しなくてもよかったのに……だけど、僕も嬉しいよ。ニシキと一緒にサマーインターンに行けるのは」

「オレこそ、すっごく嬉しいよ！　誘ってくれてありがとう、ジェイク！」

そう言いながら、ふと思い立った仁志起は思いっきり背伸びをすると、ジェイクの口に自分の口を押しつけた。ものすごくヘタクソなキスだ。色っぽさの欠片(かけら)もない。しかも、こんなふうに自分からキスをしたのは、これが初めてなのだ。

仁志起は急に、めちゃくちゃ恥ずかしくなった。

その上、耳まで真っ赤になって照れ始めた仁志起の顔を両手で挟み込んで、ジェイクは嬉しそうに微笑む。

「オ、オレ、嬉しくって、つい……」

あわてて言い訳しようとしたが、最後まで言えなかった。

ジェイクのキスで、口唇を塞がれてしまったからだ。

そっと触れるだけの甘いキスを繰り返され、仁志起はうっとりしてしまう。

なにしろ、ジェイクは本当にキスが上手なのだ。

キスをしているだけで、天にも昇るような気分になれる。

めちゃくちゃ気持ちがいいし、嬉しくて幸せだし、こんなにも幸せになれることなんて世界中探しても、そうはないような気がすると思いつつ、ジェイクと抱き合ったままで、キスを楽しんでいると——不意に、スマートフォンの振動に気づいた。仁志起の手にあるスマートフォンがうるさいのだ。ブーブーと気が散るほど騒がしい。

さっき、あらためて通知の設定を直した時、どうやらメールやSNSのすべての通知が届くようにしてしまったらしい。

ジェイクも気づいたのか、キスを切り上げると仁志起に問いかける。

「……これは？　ニシキのスマホ？」

「うん、うるさくてごめん。通知の設定を直したせいかな」

そう答えつつ、いいところだったのに、と仁志起は不満そうにスマートフォンの画面を確かめると、ものすごい勢いで次々と通知が届く。

メールやSNSというか、コメントとかイイネの通知がとんでもない数なのだ。

しかも、よく見ると、SNSのハッシュタグが妙だ。

ハッシュタグとは、写真につける分類用のラベルや説明のようなものだ。ジャパン・トレックでの画像を共有したい時には、ジャパン・トレックやHBSというハッシュタグをつけると見つけやすい。

幹事団だけの連絡用SNSでも活用している。

だが、通知で流れてくるジャパン・トレック、フェアウェル・パーティー、宴会とか、広島の夜あたりまではいい。ごく普通だ——しかし、その他に、スーパーダンスタイム、エキサイティング・パフォーマンス、ピラミッドのてっぺん、裸踊り、放送事故レベル、今夜のMVPとあるのは、いったいなんだろう?

意味がわからない仁志起は首を傾げて、通知のひとつをクリックしてみた。

そして、そこにあらわれた画像に目を丸くする。

SNSで共有されている写真は間違いなく、昨夜の宴会のものだ。それも、おそらくは最後にやった組体操のピラミッドだろう。

酔っぱらった仁志起の記憶には、まったく残っていないが、ちゃんと行われたらしい。

しかも幹事団の男子が勢ぞろいして、四つん這(よつんば)いになって三段に積み重なった上には、日の丸のハチマキをした仁志起がバンザイをしながら立っている。

それも、ただ立っているだけじゃない。

驚くべきことに素っ裸で！

もちろん、共有された写真は大事な部分というか、丸出しになった股間にはスタンプが貼ってあるが、それが目がハートマークになった笑い顔のフェイスマークというあたりが余計に恥ずかしい。

しかも、その写真につけられたイイネの数が千単位というのが怖い。

ジャパン・トレックの参加者は百十五名、関係者を入れても二百名にも満たないのに、どうして千単位なんだ？　その上、どんどんイイネの数は増えていくのだ！

血の気が引いた仁志起の、震える指が無作為にハッシュタグをクリックしてしまうと、さらなる写真が容赦なくあらわれてくる。

触ってしまったのは、〈黒帯ご乱心〉というハッシュタグだった。

どうやら、仁志起は踊りながら酔いが回ってくると、浴衣の裾をまくり上げて宙返りを決めて大喝采を浴びていたらしい。

そして組体操になると邪魔だとばかりに浴衣を脱ぎ捨て、人間ピラミッドによじ登り、その最上段でバンザイをしていたようだ。

どうして、そこまでよくわかるかというと、一部始終の動画をアップして共有している参加者がいたからだ。そのアカウントの名前を見ると、信じられないことにヤスミンで、しかも彼女がジャパン・トレックのために買った、と自慢していた最新型の小型カメラを駆使して撮影し、アップした動画には、アッカンベーをしたフェイスマークのスタンプがすべての股間に貼り付けてある。

しかも、その動画には、人間ピラミッドを降りても、調子に乗って暴れている仁志起をジェイクがなだめながら回収していく様子まで入っているのだ。

自分のとんでもない醜態を眺めながら恥ずかしさに悶絶していた仁志起が、おずおずと顔を上げると、自分を見ているジェイクと目が合った。

しかし、その整った顔はどことなく楽しそうに笑っている。

「……ジェイク、こ、これ、なに?」

「いや、昨夜のニシキは本当にすごかったよ。パーティーの最後にふさわしい……いや、ジャパン・トレックの締めくくりにふさわしい大活躍だったよ」

「大活躍じゃねーよ！　ただの恥さらしじゃん！」

「だけど、みんな、とっても喜んでいたようだし……それに僕のところまで、ヤスミンの動画を観たよ、最高だって、リンダやフランツ、殿下からもメールが来ているし」

そう言われて、仁志起はいっそう落ち込むしかない。

自分の失敗が世界中に晒されているのだ。ワールドワイドにバカ発信だ。

それでも、しでかしたことは、なかったことにはできない。そもそも自業自得なのだ。

誰のことも責められない。今までの数々の失敗に、新たに加わった黒歴史を背負いながら生きていくしかないと、仁志起は悲壮感たっぷりに天を仰いだ。

ただ、唯一の救いというか、よかった探しをするなら、こんな醜態を晒したというのにジェイクは怒っていないし、呆れている様子もない。というか、むしろ機嫌がいいように思えるくらいだ。もう仁志起の失敗には慣れたのだろうか？

（まあ、マッパを晒した恋人を怒るってのも変だしな……愛想を尽かされなかったことに感謝するべきか）

そう思うしかなかった仁志起は、いつまでも落ち込んでいるのも虚しいので、さっさと自分の恥ずかしい記憶は忘れることにして着替え始めた。

けれど、この宴会での〈黒帯ご乱心〉は代々の語り草となって、ジャパン・トレックの伝説となったのだった。

5

「……キ、ニシキ！　おはよう、もう朝だよ！」

「ねえ、まだ寝てるの？　ニシキ！」

　少し舌足らずな子供たちの声に呼ばれて、仁志起(にしき)は目を覚ました。

　大きく伸びをしてから思いっきりブランケットをはね除(の)けると、夏だというのに空気はひんやりとしている。のっそりとベッドから降りた仁志起は、まだ薄暗い窓辺に近づくとカーテンを開いた。その途端、にぎやかに朝の挨拶(あいさつ)をする子供たちの元気な声とともに、まだ寝ぼけている目に雄大な景色が飛び込んでくる。

　うっすらとかかる霧の向こう、あざやかな緑の低木が幾重にも山肌を埋め尽くした先に白い雪を被(かぶ)った山々が見える。

　エベレスト、Ｋ２に続く世界で三番目に高い山――カンチェンジュンガだ。

　チベット語では、〈カン〉が雪、〈チェン〉は偉大で、〈ジュ〉は宝庫、〈ンガ〉が五で、つまり〈偉大な雪の五つの宝庫〉といった意味を持つ名前の通り、カンチェンジュンガはヒマラヤ山脈の高峰だ。ネパールとインドの国境に、七千メートルを超える山がいくつも並んでいる景色は本当に素晴らしかった。

毎日、眺めていれば、そのうち飽きると思っていたが、少しも飽きない。

連なる山脈は仏様が寝そべっている姿にも見えるんだと教えられても、いまだにどこをどう見ると、そう見えるのかはわからなかったが。

元気がいい子供たちの声に急かされ、あわてて着替えて身支度を整えながら、仁志起はカンチェンジュンガに訊ねるように呟く。

「つーか、おかしいよな、やっぱり……今年の夏はジェイクと一緒にサマーインターンをするはずだったのに、なんでオレ、ぼっちでインドの山奥にいるんだろう？」

話は少し遡る。ジャパン・トレック終了後、ジェイクを東京下町の実家に招待したり、あらためて二人で観光をしたり、短い間だったが、楽しく過ごした。その頃には一年目の学期末試験の結果も出てきて、無事に進級できたこともわかったからだ。

これで一安心だとボストンに戻ってくると、今度はＩＦＣのサマーインターンのために本部があるワシントンＤＣに向かった。もちろん、ジェイクと一緒に。

だが、二人で一緒にいられたのは、そこまでだったのだ。

仁志起がサマーインターンとして採用されたのは、ＩＦＣ——国際金融公社だ。

ここは世界銀行の一機関で、途上国にある民間セクターの投資や融資を行っている。

簡単というか、乱暴に説明してしまうと、まだまだ発展途上にある地域の産業、事業に金を貸し、儲かるように知恵も授けて、これからもしっかり稼げるように支援することが主な仕事だろうか。

まあ、当然ながら、そんなに簡単なことではないのだが。

ともかく、仁志起とジェイクは、そのＩＦＣにある農業ビジネス部門のアソシエイト・インベストメント・オフィサーになったのだ。仕事内容は投資や融資をする顧客を探し、調査したり、投融資をすると決まったら、どういった方法で行うべきかを検討し、無事に契約にこぎつければ、その事業を見守っていく。

とはいえ、仁志起がサマーインターンとして働く期間は六週間だから、仕事のすべてをまかされるはずもなく、おそらく進行している案件のサポートが中心だろう。

ただ、名門ハーバード・ビジネススクールの学生だけに、サマーインターンといっても学生バイトとか見習い、研修といった立場ではない。高給取りだから夏休み中だけという期間限定であろうと、一人前の仕事をすることが求められるし、学生側も卒業後の就職に関わってくるから真剣だ。

そんなわけで、仁志起も並々ならぬ気合を入れ、ワシントンＤＣにやってきた。

真っ先に向かったのは、これから六週間、住む場所だ。

ＩＦＣが用意してくれたのは、サマーインターンに来た学生用のシェアハウスといったサービス・アパートメントだったが、シェイク・アーリィの住む家のように正面玄関にはガードマンが立っているし、とにかく立派なところだった。

シェアメイトには同じＨＢＳから来た同期生もいたし、他のビジネススクールから来た日本人もいたので挨拶を交わしつつ、うまくやっていけそうな雰囲気もあって、なかなかいいスタートじゃないかと思っていたのだ――そこまでは本当に！

急転直下となったのは、出社初日だ。

直属の上司が、面接をしてくれたクインシー卿だったことにも驚いたが、現在進行中の案件にサマーインターンの学生が割り振られる中、突然、仁志起だけが彼のインド出張に同行することが決まったのだ。出社初日から出張なんて異例中の異例だ。

仁志起も驚いたが、ジェイクも驚いていた。自分が推薦したこともあって、同じ案件に振られると思っていたらしいが、ジェイクは同じインドでも、南インドの伝統織物を扱う会社をＨＢＳの同期生であるシェアメイトと担当することになった。

一方の仁志起は、インド北東部にある茶園の担当だ。

そこはインドというより、むしろ東ヒマラヤ山麓というべき山奥だった。

しかも、まだ持ってきた荷物をほとんど解いていないと話したせいか、ちょうどいい、そのまま持って、今から出発するインド出張に同行しろ、と命じられたのだ。そこからは本当にあわただしかった。クインシー卿と車で空港に向かう途中、シェアハウスに寄ってスーツケースをピックアップし、あっという間の旅立ちだ。

ワシントン・ダレス国際空港から、エア・インディアの直行便で約十五時間。

ほとんど機内では案件の資料を読んでいるか、クインシー卿がやたらと聞きたがるので武道の話をしていた。そして、インディラ・ガンディー国際空港に到着し、やっと一息と思ったら、そこから国内線に乗り継ぎ、西ベンガル州のバグドグラ空港まで二時間強。

だが、ここからが旅の本番だった。

山道を何時間もかけて四輪駆動車で登るシッキム州ガントクまで、四十分で直行できるヘリコプターをチャーターしたのはクインシー卿だ。

まあ、そのあたりは仕事なんだし、山道をのんびり登っていられるかというか、時間を金で買ったというべきだろう。仁志起にも異存はなかった。突然の強行軍の座りすぎで、腰や尻が痛くて限界だったのだ。

それなのに、目的地は標高千六百五十メートルという山奥のガントクから、さらに車で一時間半！　くねくねと蛇行する山道の先に、その小さな茶園はあった。

無事に到着した日は、ひとまず標高が高いので高山病の危険もあるから休んでくれ、とクインシー卿から言われ、案内してもらった部屋に入った途端、ベッドに突っ伏すように爆睡してしまった。この尋常じゃない眠気が高山病の症状でもあったようだが、あくびが止まらないし、気温差にもやられ、疲れ果てていたのだ。

そして誰にも起こされず、空腹を感じて目覚めた仁志起は、ぼんやりと寝ぼけたまま、周囲が明るくなったことに気づき、なにげなくカーテンをめくってみて――窓の向こうに広がっている景色に絶句した。

朝焼けの空を背負ったカンチェンジュンガだった。

それは、ただ、ただ、美しかった。

言葉を失うような景色って、本当にあるんだと知った。

その時には世界で三番目に高い山とか、まったく気づかなかった。

知識や情報として知ってはいたが、目の前の絶景とは結びつかなかったのだ。

大口を開けたまま、朝日に染まる山々を眺めるうちに、周囲はすっかり明るくなって、空は青くなった。まさしく抜けるような青空だ。どこまでも果てしなく続いていくようなコバルトブルーにも言葉を失う。

そして、誰よりもきれいな青い目を思い出した。

ようやく目が覚めてきた仁志起は、運んできた荷物からスマートフォンを取り出すと、ふと思いつき、カンチェンジュンガを撮影し、ジェイクにメールで送ってみた。

するとすぐさま電話がかかってきて、飛び上がるほど驚いた。

時間とか考えずに送ったことに気づいて、あわてても遅かったが、ワシントンＤＣとの時差は九時間半、あちらは夜の九時近くだった。ジェイクは仕事の後で、シェアメイトと夕食の真っ最中だったが、仁志起のメールを見て、すぐに電話をしてくれたのだ。ああ、英国紳士は優しい。恋人を持つならば英国紳士だと思う。まあ、自分をインドの山奥まで連れてきた上司も英国紳士だという事実からは目を逸らす。

ともかく、突然のインド出張なんて予想外だったし、ジェイクと情報交換ができたのは本当に有り難かった。なにしろ、ジェイクがワシントンＤＣのオフィスで聞いた話では、仁志起が担当することになった案件は、これまで二度、契約寸前に書類不備が見つかって融資が延期になっているらしい。

しかもＩＦＣも年度末で、進行中の案件を少しでも片づけたい時期なのだ。

契約にこぎつけられそうな案件は、さっさと契約を済ませて部署の成績にしたい本音はビジネスだから当然だ。しかし、テコ入れとばかりに有能なシニア・インベストメント・オフィサーであるクインシー卿が現地に向かうことになり、カバン持ちではないけれど、お供として自分が同行させられるなら話は別だ。

そもそも、なんで自分なんだ、ただのサマーインターンだぞ、と訴えたい。ジェイクを始めとしたサマーインターンの学生は、誰もがワシントンＤＣで働いているのだ。

今のところ、突然の出張なんて無茶振りを食らったのは仁志起だけらしい。不公平とは言わないけれど、事前に前振りぐらいは欲しかった。

それでも、ジェイクと話しているうちに頭が冷えたというか、腹が据わってきた。すでに、自分はインドの山奥にいるのだ。ここまで来たからには、自分ができることをやるしかない。やたらと心配してくれるジェイクにも、ともかくやるだけやってみる、と空元気を出して答えると電話を切った。空元気だって元気のうちだ。気合だけなら誰にも負けない。

仁志起は、そう誓ったのだ。窓から見えるカンチェンジュンガに――いや、そびえ立つ高峰をいっそう美しく見せている青空に向かって。


「……つーか、それでも、やっぱりおかしいよな。なんでオレ、ぼっちでインドの山奥に放置されちゃうわけ?」

そうぼやきつつ、仁志起はボリボリと頭をかきながら茶園の管理棟に入った。

夜明けとともに叩(たた)き起(お)こされ、すっかりなつかれてしまった元気いっぱいの子供たちと稽古(けいこ)で一汗かき、朝ご飯を食べたら、ようやくビジネスアワーだ。

茶園で働く人たちの子供に、朝稽古をつけるようになったのは成り行きだった。

子供の頃から通っていた道場の教えを守って、いつでも荷物には道着を入れているが、こんなふうに役に立つなんて思ってもいなかった。

というより、ここは誰もがインドといったら思い出す、ガンジス川とかヒンドゥー教のイメージとかけ離れていた。その昔、シッキムという王国があり、王政廃止後、インドに併合された土地なのだ。もともとチベット文化圏で、ネパールやブータン、中国と国境を接し、民族や文化も複雑に入り交じっているせいなのか、不思議なことに人々の面差しが日本人によく似ている。既視感ありまくりだ。

しかも仁志起は小柄で童顔だから、子供たちの中に入ると無理なく同化してしまう。日本人だと言うと、ジュードー、カラーテ、とヒソヒソされ、黒帯だと教えたら今度は人気者になり、請われるままに子供たちと朝稽古をすることになったのだ。

おかげで子供たちの親から食事に招いてもらったり、差し入れをもらったり、食生活はボストンにいた時よりも向上している。というか、面差しだけでなく、食文化もなんだか日本に近いのだ。なにしろ主食は米である。さらに納豆モドキもあるし、トゥッパというどんモドキ、チャウミンという焼きそばモドキもあるし、小籠包や餃子に似たモモもうまい。インドなら三食カレーか、と勝手に思い込んでいたので反省している。

そんなこんなで充実した毎日のようだが、仕事は前途多難だ。

茶園の管理棟にあるオフィスにも、仁志起のデスクを用意してもらった。まあ、日中はほとんど、そこにいなかったが、それでも毎朝、顔を出してしまうのは日本人ならではの几帳面さだろうかと苦笑していると、オフィスの奥から声をかけられた。

「ニシキ、おはよう。今朝も早くからご苦労だったね」

「おはようございます、ロンドヌさん。オレも書類仕事ばっかりだし、運動不足だから、いい気分転換になってるんで、お気になさらず」

仁志起がデスクのメモを確認しながら元気よく答えると、このインドラダヌシュ茶園のオーナーであるインド人、ロンドヌ氏はふっくらした浅黒い顔で微笑む。

「そう言ってもらえると嬉しいよ。わたしは日本の武道が好きでね。試合でも稽古でも、挨拶をし合ってから、気合の入った声を上げるだろう？　あれがいいんだよ」

はははー、そうですかー、と仁志起はほがらかに聞き流す。

ロンドヌ氏は筋金入りの格闘技オタクなのだ。最初の頃、何も知らずに生真面目に耳を傾けていたら仕事にならなかった。どうしてオレは高い給料をもらって、インドの山奥で武道のウンチクを聞いているのかと自問自答してしまったほどだ。

（……だけど、だからこそ、クインシー卿は、オレをここに連れてきたのか？）

そう独りごち、仁志起は肩をすくめる。

クインシー卿の上品な顔を思い出すだけで忌々しい。

出社初日からインド出張に同行させた張本人は、ロンドヌ氏とのミーティングの後で、このままだと今度も契約締結が難しい、なんとかしてくれ、と仁志起に命じると、自分はさっさと次の案件に向かってしまったのだ。

滞在時間は、ほぼ四十八時間。フットワークは軽いが、せわしない人だ。

残されたのは、六週間は過ごせる荷物を持参した仁志起だけだった。

サマーインターンとは、こんなにも過酷なのか、と困惑するしかないような状況だが、ロンドヌ氏や彼の家族、茶園のスタッフからは歓迎された。仁志起はＭＢＡ取得前だから実際は半人前の駆け出しなのに、彼らはわざわざ足を運んでくれて、今度こそ融資契約を締結させるために残ってくれたと喜んでいるのだ。

こうなったら腹を括るしかない。上司の文句を言っていても何も始まらない。

急転直下の状況に目が回るような気分であっても、とにかく仕事だ。

ＩＦＣのアソシエイト・インベストメント・オフィサーとして、この案件の融資契約を結べるように書類を整えなければならない。

（まー、先は長いってゆーか、ここに来た時くらい道は険しいけど）

そう心の中でぼやき、仁志起はデスクでの確認を終えると立ち上がった。

「じゃあ、オレは倉庫に行ってきます」

「ああ、待ちなさい、ニシキ。このお茶を持っていきたまえ」

そう言いながらロンドヌ氏が差し出したのは、ステンレス製の保温できるタンブラーに入れた紅茶で、受け取った仁志起も笑顔になった。

「ありがとうございます。ここのお茶、ホントにおいしいですね」

「そうだろう？　わたしの誇りだ」

ロンドヌ氏は嬉しそうに微笑みながら頷いた。

つまらない謙遜など一切しない。自分の茶園に対するプライドを感じさせる。

オフィスを出ると管理棟に併設された倉庫に向かいつつ、仁志起はタンブラーの紅茶を味わった。お世辞ではなく、本当においしい。何も入れなくても、ふんわりと鼻先に漂う香りや後味に、やわらかな甘みがある。

きちんと淹れた紅茶の味を教えてくれたのは、ジェイクだ。シェイク・アーリィの家で厳めしい老執事が淹れてくれた紅茶もおいしかったが、ＨＢＳの学食とかカフェの紅茶はイマイチだった。ボストンに来てから、紅茶の味にはうるさくなっていると思う。

倉庫の出入り口で足を止めた仁志起は、タンブラーを持ったままで振り返ると目の前に広がる風景をしみじみと眺めた。ここから見渡せるすべてが、ロンドヌ氏が所有しているインドラダヌシュ茶園だ。高い山に取り囲まれ、ひっそりした山間には、あざやかな緑の低木が生い茂っている。カンチェンジュンガを仰ぎ見る山肌に張りついた緑――これは、すべてお茶の木だ。この葉を摘み取って茶葉にするのだ。

仁志起は知らなかったが、お茶というお茶は——紅茶や日本茶、中国茶も、どれもみな同じ木から作るという。お茶の木はチャノキとも呼ばれ、学名はカメリア・シネンシス。ツバキ科ツバキ属の常緑樹だ。

ただ、すべて同じ木といっても、摘んだ茶葉を加工する過程で種類が変わる。

仁志起もよく知る日本茶、つまり緑茶は不発酵茶であり、半発酵茶の代表は烏龍茶（ウーロンちゃ）。そして、発酵茶の代表が紅茶なのだ。

ヒマラヤ山脈に連なった丘陵地は一日の気温差が激しく、朝夕には濃い霧が発生する。そういった環境が茶葉の香気を濃厚にして、おいしい紅茶になるらしい。

というか、これも不勉強で知らなかったが、紅茶の種類でよく耳にするダージリンとかアッサムは茶葉の原産地である地名だったのだ。さらに世界の三大銘茶のひとつであり、紅茶のシャンパンとも呼ばれるダージリンの地は、この茶園があるシッキム州に隣接する西ベンガル州にある。とどのつまり、ご近所なのだ。

そのダージリンには、大小さまざまな茶園がひしめいている。

けれど、隣接しているシッキム州には、政府直営の茶園以外に大きなところはないし、知名度も今ひとつだ。茶園で作っている茶葉の品質や味には自信があっても、いかんせん小規模経営なので限界がある。

そんなわけで、ロンドヌ氏は事業を拡大するために、ＩＦＣに融資を求めた。

　融資を受けられたら、スタッフを増やして、生産量も上げて、質のいい紅茶を作って、世界中の人々にインドラダヌシュ茶園を知ってもらいたい――ロンドヌ氏は、そう語る。そして、スタッフを増やすからには待遇も改善したいと。

　山岳部にあるだけに、スタッフのほとんどが茶園内に暮らし、彼らの子供が通う学校や診療所、寺院や商店もあるが、そのすべてを今よりも充実した施設にしたいのだと。

　この融資要請を受けて、ＩＦＣはインドラダヌシュ茶園を調査した。

　ＩＦＣの調査は厳しいことで有名で、必ずしも融資を受けられるとは限らない。

　けれど、めでたく融資可能だと判断され、契約のための書類を整えることになったが、ここでつまずいてしまったのだ。

　仁志起は溜息（ためいき）を漏らすと、毎日、入り浸っている倉庫に入った。

　奥には山のように積み上げた書類がある。ひとつではない。分類しながら分けていて、今では五つの山になっている。ここにもカンチェンジュンガがあると苦笑して、仁志起は腕まくりをすると、今日も書類の山に取りかかった。

　なにしろ、この山の中から必要なデータを見つけ出し、不備がある書類を正さないと、いつまでたっても融資契約ができないということがわかったからだ。

　だが、ここに来てから一週間、仁志起は気づけば口癖になっていた独り言を呟く。

「……やっぱり、オレ、インドの山奥で何やってんだろう？」

『やあ、ニシキ。そっちはどうだい？』

「……あいかわらず、倉庫で虫と戦いながら書類整理」

仁志起がベッドの上に寝転んだまま、スマートフォンを使ったビデオ通話で答えると、画面のジェイクが噴き出した。インドの山奥は夜の十時だが、ワシントンＤＣはちょうど昼休みだ。ジェイクがいるのも、おそらく昼食に入ったカフェだろう。

ジェイクからの定時連絡というか、毎日のラブコールはだいたい早朝と夜だ。

ワシントンＤＣでは夜と昼になるし、昼休みなんて忙しいと思うが、その日の進捗を話すと仁志起が気づいたことや疑問をすぐに調べて翌朝には教えてくれる。山奥で孤独な作業を強いられている身には本気で有り難い。

「ジェイクは？　そっちの案件は順調に進んでる？」

『ああ。来週には片づきそうだ。でも南インドの次にやる案件はクローズになった』

「クローズ？　いきなり？」

仁志起が驚いて飛び起きると、ジェイクも肩をすくめる。クローズとは進行中の案件が終了するということだが、突然というのは、おだやかじゃない。

『どうやら、ＩＦＣの融資を受けると時間ばかりかかって、事務作業が複雑になるから、地元の銀行からの融資だけにしたようだ』

「あー、そういう手もあるしなー」

あぐらをかいた仁志起も納得してしまう。ＩＦＣからの融資を受けるには、いろいろと面倒なのだ。もちろん、それだけの価値もある融資だが、他に選択肢があれば、そちらを選ぶということもあるだろう。

しかし、関わっていたスタッフは落胆するよな、と仁志起までしょんぼりしてしまうとジェイクが話を変えた。

『ところで南インドの案件だけど、サイニング・セレモニーに同席できるかも』

「へえ、初の契約成立なんだし、行けるといいね」

仁志起も気持ちを切り替えて笑顔で答えた。

サイニング・セレモニーとは契約書にサインを交わすことだ。

ＩＦＣ側と融資先の事業の代表者が契約書にサインをする時には、関係者が集まって、その場でお祝いするのだ。どの案件も契約が成立するまで数年がかりだし、スタッフには感慨深い席となる。当然ながら、サイニング・セレモニーは単なる始まりに過ぎないが、そのスタートにたどりつけない案件も多いのだ。

それだけに、サイニング・セレモニーに同席できるのは名誉なことでもある。

ジェイクが南インドまで来るなら、こっちにも寄ってほしいな、と思うが、あくまでも仕事だ。公私混同はいけない。それに自分は山奥にいるのだ。そんなわがままを言って、ジェイクを困らせたくないと仁志起はぐっと堪(こら)えた。男は黙って我慢だ。

だが、そんなことを思っていると、画面のジェイクが背後から肩を叩かれた。どうやら知り合いがカフェにやってきたらしい。高そうなスーツの腕が見えたし、偉い人なのか、あわてているようだから通話を切ったほうがいいと判断する。

「ジェイク！　オレ、そろそろ寝るから、またね」

『……あ、ああ、おやすみ』

うん、また明日ね、と答えた仁志起は通話を切り、改めてベッドに寝転んだ。

あっという間に、ひとりぼっちの部屋は静まり返る。山奥は本当に静かだ。シングルのベッドが二つ並んだ部屋を一人で使っているせいか、余計に物寂しい。

ここに来てから茶園内にあるゲストハウスに寝泊まりしているが、ホテルではないので室内に飾り気はまったくない。それでも清潔なのは有り難いし、掃除洗濯食事つきだから文句をつけるつもりもない。おいしい紅茶も飲み放題だ。

そう思った仁志起は勢いをつけて立ち上がると、電気ケトルのスイッチを入れた。

ジェイクには怒られそうだが、マグカップに沸いたお湯を注いでから、ティーバッグを沈めて、適当な皿で蓋(ふた)をする。カップを温めるためだけのお湯を必要としない上、捨てる無駄もない。単なる横着だったが、必要最低限の手間でおいしく飲む方法だと開き直る。カフェインを取ったら眠れなくなるという人もいるが、仁志起はわりと平気だ。むしろ就寝前に飲むと目覚めがスッキリする。

夏といっても、これだけ標高が高いと夜は肌寒くて、熱い紅茶がおいしい。

マグカップを持ってベッドに座り直すと、スマートフォンの着信通知に気づいた。

設定をちゃんと直したので、今は親しい友人や家族からの通知だけだ。

覗(のぞ)いてみると、もう遠い昔のようになつかしく思えるジャパン・トレック幹事団からのメッセージだった。幹事団の連絡用に使ったSNSのグループは、現在では夏期休暇中の近況報告が中心になっている。しかも最新の画像は南太平洋に浮かぶニューカレドニアでバカンス中の渡利(わたり)夫妻のツーショットで、ハートマークのスタンプの他に、ふざけんな、総務省にチクれ、と不穏なコメントが続き、仁志起も笑ってしまった。どうやら、渡利はお世話になった奥様に自費で感謝を示しているようだ。

一方、サマーインターン組だと榊原(さかきばら)と海棠(かいどう)が同じ投資銀行の日本支社にいて、黒河(くろかわ)はカシマ発動機トルコ支社にいるらしい。香港(ホンコン)のコンサルティング・ファームに行った橘(たちばな)はおいしそうな飲茶(ヤムチャ)の写真を、謎(なぞ)の美青年の中江(なかえ)はニューヨークの公園で撮った犬の動画をアップしている。動画の中で大型犬とじゃれ合う長髪の少年が微笑ましい。他のみんなもそれぞれ日常の写真や動画を見せ合い、楽しそうにコメントしている。

だが、仁志起は、その中に入っていけなかった。

カンチェンジュンガとか茶園の写真をアップすればいいと思うのだが、なんとなく気が引けてしまう。楽しそうだと思うのに入っていけないのは、おそらく自分がいまだに何も成し遂げていないせいかもしれない。

サマーインターン先で無茶振りを食らって、インドの山奥で孤軍奮闘中——それでは、ただの愚痴になってしまいそうだ。けれど弱音を吐くのは悔しい。自分の力が足りないと白状するのも情けない。

それに自分がお手上げだと降参したら、すでに二度も書類不備で延期になった案件だ。クローズしてしまう可能性だってある。それは絶対に避けたかった。なんとか必要書類を作成して、ＩＦＣからの融資をもぎ取って事業を拡大し、この茶園の紅茶を世界中の人に飲んでもらいたい。

その夢は、今では仁志起の願いでもあるのだ。

（……だけど、まずはジェイクに飲んでもらいたいんだけど……うーん、それはいったいいつになるんだ？　つーか、そもそもオレ、いつになったら帰れるんだろう？　まさか、六週間ずっとインドの山奥か？）

そう独りごちた仁志起は、マグカップから立ち上ってくる湯気を顎（あご）に当てながら途方に暮れたように溜息を漏らすしかなかった。

だが、その翌朝、事態はまたしても急転した。

　夜明け前だったが、ジェイクからのメールの着信で目を覚ました仁志起は、もぞもぞとベッドの中でスマートフォンを操作し、添付された資料を確認した。契約書類に見つけた数値ミスについての返答だったので、めちゃくちゃ助かった。昨日の今日で参考資料まで用意してくれるジェイクに感謝だ。自分の担当案件もあるのに仁志起のバックアップまでできるのが、さすがジェイクだった。

　仁志起はお礼のメールを打ち、おかげであと一週間もあれば一段落つくと返信した。

　ここまでやってきた書類整理の作業時間から換算しても、残りはそれぐらいだろうなと見当をつけて自分を奮い立たせる。

　だが、返信のメールを送ってから起き上がると、また着信音が鳴り始めた。

　今度は電話だ。ジェイクからだと思い込んで通話をオンにした途端、聞こえてきたのは予想外の声だった。

『やあ、ニシキ。そちらの時間だと、おはようと言うべきかな？』

「……お、おはようございます、クインシー卿」

突然の上司からの電話に、さすがに答える声が上擦った。

一週間前、インドの山奥に置いていかれてから進捗報告のメールだけは送っているが、クインシー卿からは定型文の返信しか戻ってこない。内容を要約すると、了解、引き続き進めてくれ——これだけだ。

それでも上司の命令は絶対だし、仕事だったらやるしかない。

茶園で働く人々からも親切にしてもらって、お茶とかご飯もおいしいし、こうなったら全力でやらなければ男がすたると頑張っている。しかし、急に電話をかけてくるからには文句があるのか、今すぐ戻ってこいと言われても戻れるか、と戦闘モードになっているとクインシー卿が問いかけてくる。

『これまでの進捗報告は受けているが、いつまでやっているつもりだ?』

「い、いつまでって……?」

『だから書類を整えて、契約締結のために審査に渡せるのは、いつになる?』

「いつって、いきなり訊かれても……ひとまず、書類の不備は確認して、足りない資料のデータをそろえたので、あと一週間あれば」

しどろもどろになりながらも、仁志起はなんとか答えた。本当に一週間でできるなんて思えなかったが、ひとまず形にはなるはずだ。けれど、その返事を聞いたクインシー卿は鼻で笑った。確かに鼻息が聞こえた。わざと聞こえるように笑ったに違いない。

仁志起が憮然とすると、冷ややかな声が告げる。

『三日だ』

「……三日ぁ？」

『そうだ。あと三日やろう。それまでに審査部門が通す契約書類を整えろ』

「むっ、無理です！　三日なんて絶対に！　ここまで一週間かかってるんですよ！」

思わず、仁志起は大声で言い返した。無理難題にもほどがある。

よっぽど切羽詰まった声をしていたらしく、クインシー卿はちょっと考え込んでから、あらためて言い放つ。

『いいだろう、特別に五日にしてやる』

期待しているぞ、と続けると、すぐに通話は切れた。

仁志起は頭の中が真っ白になった。あと五日？　本当に？

これから片づけなければならない書類や、そろえなければいけない資料を考えるうちに血の気がどんどん引いてくる。

いや、できるか、できないかじゃない。やるしかない。

自分が——そうだ。自分だけができることを。

それは書類の不備を修正し、問題のない契約書を仕上げることだ。そして審査部門からサインをもらい、この茶園がＩＦＣの融資を受けられるようにすることだ。

とにかく、どうやればもっとも効率よく作業が進められるか、必死になって考えながら仁志起は呟かずにいられなかった。

「……なんでオレ、インドの山奥まで来て、こんな無茶振りされてんだろう？」


そこからは、もう時間との戦いだった。

仁志起はひたすら書類と格闘した。融資契約の書類は複雑でややこしいのだ。

それでも、書類の不備というか、ミスを洗い出すうちに、この案件を最初に立ち上げたインベストメント・オフィサーがかなり有能であることがわかってきた。おそらく最初に立ち上げたスタッフの手から離れて、次に引き継がれてからガタガタになってしまって、不備が出たらしい。案件を立ち上げた初期段階に遡って融資計画を確認したので、細部を詰める段階でミスが出たようだと推測できる。

ジェイクが送ってくれた資料と照らし合わせたことで、ミスの原因もつかめた。

この茶園には場所がいくらでもあるせいか、運営に関わるような書類が何もかも倉庫に保管というか、放置されていたことが幸いした。もちろん、必要になる書類を発掘して、選り分けるのは死ぬほど大変だったが。

仁志起にしても伊達に一週間、倉庫に引きこもって関係書類を掘り起こし、五つも山を作っていたわけではないのだ。あとは必要な部分に、掘り起こした書類にあったデータを入れていけばいいはずだ。

「……いいはずなんだけど、それがめんどくせーんだよな、くっそー」

思わず、仁志起は声に出してぼやいた。追い込みをかけても絶対的に時間が足りない。だいたい一週間と予測した作業を五日でやるのはきつい。なにしろ、たった一人なのだ。不眠不休でやってミスが出たら、ここまでの努力が水の泡だ。

睡眠時間だけは確保し、食事もしたほうがいい。最後は体力勝負になる。

すでに倉庫の棚卸しならぬ、書類整理を終わらせた仁志起は、管理棟のオフィスで遅いランチをかねた三時のおやつタイムだ。ノートパソコンに向かいつつ、もぐもぐと片手に持ったサモサを頬張る。サモサはパリパリに揚げた皮の中に、スパイスの効いた挽き肉やジャガイモが入った軽食だ。おいしいし、作業しながら食べられるのも有り難い。

なにしろ、今の仁志起はしゃかりき書類作成マシンである。

荷物に入れてきたビジネススーツなんて無用の長物だ。誰からも文句を言われないし、オフィスでも普段着で通している。おかげで食べこぼしも怖くない。しかも、Tシャツにジーンズ姿でくしゃみをしていたら、茶園の人々が羽織るものを次々と貸してくれたので日本の褞袍や半纏みたいな上着まで羽織っている。

これが名門ハーバード・ビジネススクールの学生とは誰も信じてくれないだろうな、と自嘲気味に独りごち、仁志起は両腕を上げて大きく伸びをした。

あと五日と区切られて、もう三日目だ。どんなにしゃかりきになっても、残り二日では終わる気がしない。あと四日、いや、三日あれば、もしくはもう一人いれば——いろんな考えが頭をよぎるが、それでもあきらめたくなかった。

仁志起はカレンダーを見ながら溜息を漏らす。

(……ジェイクはサイニング・セレモニーが終わって、ホッとしてる頃かな?)

ジェイクからは昨日、無事にインドに到着したと連絡をもらった。

インドといっても仁志起がいるような山奥ではなく、ジェイクの行き先は南インドで、インドのシリコンバレーと呼ばれている高原の都市、バンガロールだ。今日の午前中に、サイニング・セレモニーを行っているはずだから、今頃はおそらく打ち上げパーティーの真っ最中だろうか。インドに来てからは忙しいだろうし、連絡はしていない。

もちろん、仁志起も忙しいからだと言い訳してもいいが、本音を言ってしまえば複雑な気分だからだ。着実に仕事を進めているジェイクがうらやましい。それでも、自分が彼と同じ案件をまかされていたら、あんなにスムーズに仕事を進められたかというと、それは疑問だ。そもそも自分がジェイクくらい有能だったら、この茶園の案件だってもっと早く片づいていただろう。

（……あ、やばい。落ち込んできた）

サモサを平らげた仁志起は、ノートパソコンをスリープさせると立ち上がった。

今は落ち込んでいる場合ではなかった。そんなヒマはない。くよくよと考えているから落ち込むのだ。座りっぱなしだし、少し身体（からだ）を動かしたほうがいい。

仁志起が腹ごなしの散歩でもしようかと管理棟を出ると、学校から出てきた子供たちに見つかって笑顔を向けられる。

「ニシキ！　仕事は終わったのか？　ケーコするか？」

「アサゲーコしようよ、ニシキ！」

「あー、ごめん。朝稽古は仕事が一段落するまでお休みな」

仁志起が謝ると、子供たちはがっかりした様子だ。

あと五日と期限を切られてからは、さすがに朝稽古は休みにしてもらっている。

子供たちにしても、仁志起が仕事で滞在しているのはよくわかっているので、管理棟や倉庫にいる時には邪魔しなかった。彼らのほとんどの母親が、茶園のスタッフというか、茶摘み作業に従事しているのだ。茶園の仕事が何よりも優先されると理解している。

それでも、仁志起が歩き出せば子供たちも我先にとついてきた。

山肌に広がっている茶畑の間には小道があり、しばらく歩くだけでも高低差のおかげでいい運動になる。歩きながら見ると、茶畑のあちこちでは茶摘みの真っ最中だ。いまだに茶摘みは人力で行われる。機械化が進んでいないのではなく、人の手で摘むのがもっとも効率がよく、よりよい茶葉が摘めるらしい。

　仁志起についてきた子供の母親がいたのか、日除(ひよ)けのスカーフを被って背中には摘んだ茶葉を運ぶ駕籠(かご)を背負った女性が笑いかけてくれるが、その手は止めない。彼女たちには一日のノルマがあるのだ。今の時期は、モンスーン・フラッシュと呼ぶ茶葉を摘んでいる。乾季に摘む茶葉のほうが品質はよくなるが、雨季だと葉の成長が早くてよく伸び、大量に茶葉を作ることができるので大量生産品に多く使われると教えてくれたのは、オーナーのロンドヌ氏だ。春摘みのファーストフラッシュ、さらには秋摘みのオータムナル——季節によってもという夏摘みのセカンドフラッシュに、もっとも高額で取り引きされる茶葉の味は変わり、斜面の向きや日当たりの良(よ)し悪(あ)しでも変わるという。

　仁志起が驚いたのは、高く売れる最高品質の茶葉はすべて輸出しているので、地元ではまったく飲まれていないということだった。ビジネスとしては、さもありなんと思うが、なんとなく複雑な気分にもなる。

　その時、仁志起の隣を歩く小さな女の子が指を差した。目を向けると、茶園の管理棟からロンドヌ氏と見慣れないスーツの男性が出てくる。

　ここ数日、来客が多いな、と思っていると子供たちがクスクスと笑い始めた。仁志起が首を傾(かし)げると、英語の上手な年長の子供たちが説明してくれた。

「あの人は紅茶のバイヤーなんだけど、ＩＦＣから人が来ると必ず、取り引きしようってやってくるんだよ。あの人だけじゃなくて他にもいっぱい」

「ＩＦＣが関係あるんだ？」

「うん、ＩＦＣがお金をくれたら、この茶園はもっと儲かるんだって！　ねえ、ニシキ、どうして？　母さんの説明はよくわからないんだ」

　子供の無邪気な問いかけに、仁志起の笑顔は引きつった。

　そんな話を家族と交わしているのかと思うと、なんとも世知辛い。だが、世知辛いのはビジネスの常でもある。茶畑の小道で立ち止まって、仁志起は腕組みをしながら考えた。

　新たな取引相手が続々と来るのは、おそらくＩＦＣが融資をすることになれば、これからさらに発展するに違いないというお墨付きをインドラダヌシュ茶園が得るからだろう。

　ＩＦＣが融資をするだけの価値があると認めることで、他からも信頼できる事業者だと認められ、さらに業績が上がることは間違いない。だから事務作業がどんなに大変でも、ＩＦＣの融資を望む小規模事業者は多いのだ。

　そんな顧客を助けるのが仕事だと思うと、責任重大で身が引き締まる思いがする。

　茶畑の小道を楽しそうに走り回る子供たちを眺めながら、仁志起は気合を入れ直して、自分に発破をかける。

　どれほど勝ち目がない戦いに見えても、絶対にあきらめたくない。

この茶園が、ちゃんと融資を受けられるように立派な書類を作成してやる。

絶対にやってやるぞ、あと二日しかなくても！

よしっ、と両手を握りしめて鼻息荒く決意すると、仁志起も走り回っている子供たちを追いかけようとして、ふと足を止めた。

さっきの客の車と入れ違いに、またしても茶園に入ってくる車がある。

また新しい客かよ、と苦笑すると、車から降りてきたのは金髪の長身だった。

姿勢がよくて品のいいビジネススーツの男性はシルバーフレームの眼鏡をかけていて、管理棟の入り口で出迎えたロンドヌ氏と話しつつ、まるで誰かを探しているように茶畑に目を向けている。

その姿に気づいた瞬間、仁志起は全力で駆け出していた。

「……ジェイク！　ど、どうして？　どうして、ジェイクがこんな山奥に？　南インドのバンガロールに行ったんじゃなかったの？」

そう叫びながら近づいていくと、仁志起を見つけた青い目が楽しそうに輝く。

「やあ、ニシキ」

「……や、やあって！　あ、挨拶よりも、なんで、ここにいるんだよ？　バンガロールのサイニング・セレモニーは？」

走ってきた仁志起が急き込んで問いただすと、ジェイクは微笑んだ。

「ちゃんと出席したよ。サイニング・セレモニーが終わってから、まっすぐ来たんだ」

「まっすぐ？　なんで、こんな山奥に？」

「なんでって決まってるだろう」

「決まってる？」

　キョトンとする仁志起に向かって、ジェイクは肩をすくめる。

「わかってもらえないと傷つくな。僕はニシキを手伝いに来たんだよ。南インドの案件は終わったし、次の案件がなくなったせいで手が空いているから、クインシー卿に無理矢理許可をもらって」

　そう言いながらウインクを投げられ、ようやく鈍い仁志起にも理解できた。

　崖っぷちにいた自分に、誰よりも信頼できる援軍が来たことを。


「……悪くない。これは確かに人に勧めたくなるな」

　ジェイクはゆっくりと紅茶を味わい、納得したように頷いた。

　悪くない、とジェイクが言うのは、かなりいい評価だ。仁志起も嬉しくなった。自分がおいしいと思った紅茶を、ジェイクも認めてくれたことがめちゃくちゃ嬉しい。

二人は茶園の管理棟にあるオフィスで、オーナーのロンドヌ氏が手ずから淹れてくれた紅茶を飲みながら作戦会議中だった。

「それにしても、ニシキ……資料まで合わせたら百ページ以上もある書類を、よく一人でまとめたね」

仁志起が使っているデスクの隣に座り、ここまで作成してきた書類のプリントアウトに目を通しながら、ジェイクは褒めているのか、呆れているのか、どちらともつかない声で呟く。実際、呆れながら感心しているのかもしれない。

「いや、まとめてないよ。まだ終わってないし……あと少しなんだけど、残り二日だから最後の確認作業までは厳しいって思ってて」

情けない本音を漏らしてしまった仁志起が頭を掻くと、しばらく考えていたジェイクはきれいに紅茶を飲み干してから言った。

「いいだろう。だったら、ニシキはとにかく自分が考えた通りに作業を進めてくれ。僕が確認作業を引き受けるから」

そのほうが作業を分担して進めるよりも効率がいいと思わないか、と問いかけられて、仁志起も考える。確かに、ここまで一人でやってきたし、今から分担するよりも最後まで一人でやってしまったほうがいいかもしれない。ただ、代わりに、もっとも責任が重くて重要な最終チェックを、ジェイクに丸投げすることになるが。

（でも、ジェイクのほうがミスは見つけやすいかも……オレの話を聞いてるから、案件の概要は知ってるけど、これまで書類に関わってないし）

しかも、ジェイクはすでに融資契約を一件、まとめてきたばかりなのだ。

最後の確認作業を委ねるのに、これほどの適任者もいないだろう。

「わかった。ジェイクにまかせる」

「ああ、全力を尽くすよ」

仁志起が頷くと、ジェイクも微笑み返す。

力強く握手を交わして、その晩から二人で書類に取り組むことになったが、ジェイクは予想以上に頼もしい援軍だった。仁志起がこつこつと作業を続ける隣で、すでにまとめた書類をチェックしてくれる横顔が目に入るだけで勇気百倍だった。それに、ずっと一人で作業をしていたので、ジェイクが隣にいてくれるだけで励みになる。

そもそも、こんな山奥まで助けに来てくれたことが嬉しかった。恋人って、こんなにも頼れるものなのか、と胸が熱くなる。なんといっても、年齢と同じだけの恋人いない歴を誇ってきた仁志起は、ジェイクが生まれて初めての恋人なので比較対象がない。

ただし、夜になってから、同じ部屋に泊まることになって、ジェイクが久しぶりだし、冷え込んできたから一緒に寝ないか、と自分のベッドに誘ってくれても、いそいそと隣に潜り込んだ途端、寝落ちしたのは我ながら残念だった。

翌朝、ジェイクは笑っていたし、仁志起にもイチャイチャする余力なんてなかったが、恋人の横で熟睡できるなんて成人男子としては恥ずかしい。ただ、それでも、久しぶりに気持ちよく眠れたのは、隣にジェイクがいてくれたおかげだと思わないでもないのだが、それはそれで自分が幼稚に思えてくるので情けない。

ときどき、こんな自分が恋人で本当にいいのか、とジェイクに問いかけたくなる。失敗ばかりするし、あれこれやっても空回りするばかりだ。

だが、今はそんなことを考えている場合ではなかった。

ジェイクには本当に感謝している。こんな山奥に手伝いに来てくれたことだけでなく、こんなにも、やり甲斐のある仕事に関われたのも、ジェイクのおかげだ。

他の誰でもないジェイクが、ＩＦＣのサマーインターンに誘ってくれたからだ。

もちろん、いきなりのインド出張や、山奥に一人で置いていかれて不安じゃなかったと言うつもりはない。ただ、これが自分の仕事だ。ビジネスなのだ。だとしたら、やるべき仕事をしっかりとやるしかない。

そして、その仕事とは今、目の前にある書類を完璧に仕上げることだ。

そんなわけで仁志起は自分史上、最大出力でしゃかりきに働き、ジェイクが来てくれた翌々日——クインシー卿から一方的に期限を切られた五日目の夕方に、ようやくすべての書類を提出できるところまでたどりついた。

すでに、仁志起はデスクに突っ伏したままで動けなくなっていた。

最後の数枚を念入りにチェックしているジェイクにしても、いつもはパリッとしているワイシャツがしわだらけになっているが、気にしている余裕はないようだ。

インドの山奥まで駆けつけてくれた英国紳士の恋人は、仕事中は容赦がなかった。

英文の言い回しがおかしいとかスペルミスは、見つけるたびにビシバシ指摘されるし、仁志起が眠気覚ましに奇声を発すると冷たい目を向けてくる。

どんなに切羽詰まったギリギリの状況であろうと、ジェイクいわく、仕事ならスーツを着用するのが当たり前で、オフィスにふさわしい品位と礼節を保つべきというスタンスを崩さなかった。

うわー、厳しいなー、と思わないでもなかったが、そんなやり方もジェイクらしくて、仁志起には好ましく思える。

そんなことを考えるともなく考えていると、ジェイクの声が聞こえてきた。

「よし、これでいい。書類のデータを送信しよう。ワシントンDCは朝だから、出社したクインシー卿がすぐに確認できる」

やったー、終わったー、と叫んでいるつもりだったが、仁志起はデスクに突っ伏して、微動だにできなかった。気が抜けたというか、ずっと集中していたせいか、プシューっと空気が抜けるように意識が遠退(とおの)いていく。

なんだか優しく抱き上げてもらったような気がするのに、どうしても目は開かなくて、世界に怖いものなど何ひとつないような勇ましい気持ちのままで、あっけないほど簡単に睡魔に飲み込まれた仁志起だった。

「……ニシキ！　いい加減に起きろ、ニシキ」

「んー、もう少し……」

仁志起は寝返りを打ち、呻くように答えながら両目をこすった。とにかく眠くて、目が開かないのだ。

けれど、ベッドのすぐそばから呆れ返ったような声が聞こえてくる。

「もう少しって、これが三度目だぞ。時間がないんだ。移動中、いくらでも寝ていいから起きてくれ」

「……移動？　どこに？　ってゆーか、どこにも行かない。オレはここで寝る」

むにゃむにゃと寝言のように答えた途端、ブランケットを思いっきり引き剥がされて、ベッドから勢いよく転がり落ちた。

さすがに目が覚めた仁志起は、ベッドの下から金髪の長身を見上げる。

「ひっでー、ジェイク！　落とすことないじゃん」

「いつまでたっても起きないからだ。僕はパブリック・スクール時代、寝坊した下級生を確実に起こす方法を百通りマスターした」

「嘘だろ！」

「本当だ。母校の認定書だってある」

即答したジェイクは超真顔で、ああ、ふざけてるな、と仁志起にもわかった。

半分眠ったままの頭でバスルームに入って、洗面台に向かいながら、ええっと、昨日はどこまでやったっけ、残っている作業は、と思い出そうとして、仁志起はようやく本当に目が覚めた。

「……しょっ、書類！　ジェイク！　ワシントンDCに送った書類は？」

顔を洗おうとしていた手を止めて叫ぶと、ジェイクが呆れ顔で肩をすくめた。

「いいから早く顔を洗ってくれ」

「オレの顔より、契約書類だろっ！　リジェクト食らってない？」

「失礼だな、僕が最終チェックをした書類だ。リジェクトなんてされるはずがない」

リジェクトとは融資関係の書類を審査にかける前に、上司から突っ返されることだが、ジェイクは冷ややかな口調で自信満々に言い返し、泡だらけの顔のままで駆け寄ってきた仁志起をバスルームに押し戻す。

よく見れば、ジェイクはすっかり身支度を整えて、荷物もまとめていた。

時間を確かめると、まだ早朝である。夕食も食べないで、ひたすら爆睡していた自分が言うことじゃないかもしれないが、気が早いというか、そんなに早く帰りたいのかな、と思いながら、あらためて顔を洗ってくると、今度は電話中だった。

朝っぱらから忙しいなー、と感心したように眺めていれば、スマートフォンを無造作に押しつけられる。

「どうぞ」

「ど、どうぞって……誰？」

「クインシー卿」

「ぐえっ！」

仁志起は思わず、踏みつぶされたカエルのような声が出てしまった。

しかも、それは相手にも聞こえていたらしい。

『きみの近くで誰か、カエルでも踏みつぶしたのか？』

「い、いいえ、誰も……それよりも、昨日、送った書類のほうは」

仁志起がおずおずと問いかけると、電話の向こうにいるクインシー卿はジェイクよりも冷ややかな口調で答える。

『確認したよ。すでに審査部門に回してある。これが正式に受理されるか、わかるまでに三日かかる。その間、きみには特別に休暇を与えるので、しっかりと英気を養ってから、ワシントンDCに戻ってくれ』

では、と仁志起が口を開く前に通話は切れた。

本当にせわしない人だな、という認識がいっそう深まる。

なんというか、煙に巻かれたような気分のまま、仁志起はスマートフォンを返すためにジェイクを振り返った。すると、ジェイクはジェイクでやたらと楽しそうに笑っていた。英国紳士は本当にわけがわからない。

「クインシー卿が、ワシントンDCに戻ってこいって」

仁志起がスマートフォンを返しながら言うと、ジェイクは首を傾げる。

「それだけ？」

「書類は確認して、審査に回してあるって」

「それは僕も聞いたよ。他には？」

「他にはって……受理されるか、わかるまで三日かかるって」

「その間、何をしろって？」

ジェイクがしつこく問い返してくるので、仁志起は口唇を尖らせながらも考えた。

「だから三日かかるから、その間、特別に休暇を……えっ、休暇？　マジで？　オレってもしかして、お休みもらっちゃった？」

　脳内ダダ漏れの独り言を聞いていたジェイクは苦笑しつつ、仁志起の手に着替えの服を押しつける。

「ちなみに僕も休暇をもらっている」

「……えっ、ジェイクも一緒に？　三日間も？」

「せっかくだから、これを使おうかと」

　思わず、飛びつきそうになった仁志起に向かって、ジェイクが取り出してみせたものは見覚えがあるホテル&リゾート・グループの宿泊券だった。

「それって、ジャパン・トレックの勝ち抜きクイズ大会の賞品じゃん！」

「ああ。このグループのホテルがインドにもあるので、今日から二名で二泊三日の予約を入れておいた。無駄にしないように」

「し、しし、しないっ！　絶対にするもんか！」

「だったら急いで、出発できるように準備をしてくれ」

　そう告げられ、仁志起は全速力で身支度を整えると荷物をまとめた。二週間もいたので散らかっていた私物は、すべて丸めてスーツケースに押し込んだが、茶園の人々に借りた上着は丁寧に畳んで重ねながら、仁志起は急に寂しくなってきた。

「もしかしたら、オレ……ここで過ごすのって、今日が最後になるのかな？　もう二度と戻ってこなかったりする？」

しんみりと呟くと、ジェイクが肩をすくめる。

「そんなことには絶対にならないよ。この茶園と無事に融資契約が決まったら、こんなに頑張ったニシキがサイニング・セレモニーに呼ばれないはずがない」

「……そうかな？　そうだったらいいな」

「たとえ呼ばれなくても、勝手に来たっていいんじゃないか？」

おそらく、ここの人たちは歓迎してくれると思うよ、と言ってもらい、うつむいていた仁志起も顔を上げた。すると、ジェイクは茶目っ気たっぷりにウインクを投げる。

「まあ、また審査中に書類の不備が見つかって、三日後にあわてて呼び戻される可能性もないわけじゃない」

「や、やだっ！　それだけは絶対にやだっ！」

仁志起が本気で嫌がると、ジェイクは楽しそうに笑いながら言った。

「とにかく早く出発しないか、ニシキ？　空港まで山道だから時間がかかるんだ」

「あー、そっか。まず、山の麓（ふもと）まで下りないといけないんだよね。ここからガントクまで行くのに二時間ぐらいかかるし、そこからヘリで麓まで降りて、さらに国内線に乗り継ぐ空港まで出るとなると……」

そう呟きつつ、仁志起は忘れ物はないかと部屋を見渡した。

だが、ジェイクは意外そうに訊ねてくる。

「ヘリ？　ニシキはヘリで来たんだ？」

「うん。ジェイクはどうやって来たの？　まさか山の麓から、ここまで車で？」

「この茶園までは車で来たけど、空港までは軍用機で」

「……ぐ、軍用機？　ってか、この山に空港なんてあるの？」

　仁志起が驚くと、ジェイクは平然と頷いた。

「ああ。今度、新しい空港ができるんだよ。まだ定期便は就航していないいんだけど、僕がニシキの応援に行くと言い張ったら、クインシー卿がツテを使って手配してくれたので、インド空軍の小型機に同乗させてもらえた」

　そんなことを教えられ、仁志起は目が丸くなった。

　けれど、ジェイクはさらに驚愕することを当たり前のように続ける。

「帰る時も空港に知らせろと言われていたので連絡したら、今日の午前中、そこから昔の藩王の末裔である実業家のプライベート・ジェットが飛ぶから乗せてもらえるって」

　だから早く行こう、と背中を押されても仁志起は固まってしまう。

　HBSに留学してからというもの、英国の名門貴族とかドイツの御曹司とか、さらには中東の産油国のプリンスとか、それまで自分が生きてきた世界とはまったく違うセレブな世界を覗いてきたが、インドに来ても軍用機や藩王の末裔のプライベート・ジェットとか新たな別世界を覗いてしまった気分だ。

（いや、もしかして、ＨＢＳとかインドとか場所の問題じゃないのかも……お貴族サマな英国紳士と一緒にいると、いくらでも遭遇できるのか？）

そう独りごちる仁志起の笑顔は引きつっていた。

そんなわけで、その日は結局、インドの東から北への大移動になった。

インドラダヌシュ茶園から車で二時間、シッキム州ガントクの南にあるパキョン空港にたどりつくと、まずは同乗させてもらうプライベート・ジェットの持ち主に挨拶した。

藩王の末裔だという初老の実業家は手広くビジネスをしていて、ＩＦＣの投資案件にも関わったことがあると言い、二人がＨＢＳの学生でＩＦＣのサマーインターン中と話すと歓迎してくれた上、ゴージャスな機内を自ら案内してくれた。

ビジネスシートの搭乗経験はあるが、プライベート・ジェットなんて初めての仁志起は目と口が丸くなるばかりだった。

機内はインドっぽい金ピカでゴージャスなリビングに、ダブルベッドのベッドルーム、さらに大型モニターがついた会議室や書斎、システムキッチンやバスルームまであって、まるで五つ星ホテルのスイートルーム並みの設備や内装だ。

そこまで空の旅に必要かと仁志起は首を傾げるが、藩王の末裔いわく、どこに行くにも便利で快適だよ、と満足そうだ。さらに、ジェイクが伯爵だと知ると英国留学をしたので貴族の友人も多いと共通の知人の話題で盛り上がり、仁志起が日本人だと知ると日本にも何度も行ったそうで、ジャパン・トレックで訪ねた観光地の話が弾んだ。

プライベート・ジェットを持つ藩王の末裔ってどんな人だろうと怖じ気づいていたが、ごく普通の、おしゃべり好きなおじさんという感じだ。だが、そんな人が年間で維持費が二億円以上かかるものを個人所有しているのがすごい。

生まれも育ちも庶民の仁志起は、セレブの世界は奥が深いと思うばかりだ。

ともかく、おしゃべりを楽しみながら、銀色の丸皿に何種類もの料理が並ぶインド風のランチをごちそうしてもらった上、チャイまでふるまってもらううちに五時間半が経ち、北インドのラージャスターン州にあるジャイプル国際空港に着陸した。

だが、インドは広かった。空港まで迎えに来てくれたホテルの四輪駆動車に乗り込み、そこからさらに二時間——やっとたどりついたのは、その昔、藩王が虎狩りをしたという大自然の中にあるリゾートホテルだ。

サンスクリット語の〈平和〉とヒンディー語の〈庭〉、そんな意味を持っている名称のリゾートホテルは、ベンガルトラの保護区でもある広大な国立公園の近くにあり、まさに自然の楽園、オアシスのような場所だった。

ムガル帝国の建築様式を模した宮殿のようなホテルの正面玄関に入ると、オレンジ色のサリーで着飾った美女たちの美しい歌声に出迎えられ、驚くうちに歓迎の儀式だといってきれいな伝統工芸の飾り紐(ひも)を手首に結んでもらった。

しかも、オフシーズンで空いていたのか、ただのスイートルームでなく、専用の中庭に大きなプライベート・プールまでついている、パビリオンと呼ばれるコテージ風の客室にアップグレードされていたことにも驚いた。ジェイクがチェックインの時に確かめたら、クイズ大会で手に入れた宿泊券にそういった特典がついていたらしい。

「……うっわー、オレたちって、めっちゃラッキー?」

「オフシーズンのおかげだな」

仁志起がニカッと笑うと、ジェイクもウインクを返してくれる。

リビングのソファに座ってくつろぎながら、ちょうど旬(しゅん)だというウェルカムドリンクのマンゴージュースを飲み終えると、仁志起は豪華な客室を見物することにした。

ジェイクはスーツの上着を脱ぐと、ハンガーを探すといってリビングを出ていく。彼は几帳面なので、脱いだ服を放り出しておくということができないようだ。

一応、仁志起も藩王の末裔に敬意を示すためにスーツを着込んできたが、脱いだ上着を無造作にソファに放り投げると、窮屈な革靴や靴下も脱ぎ捨てて裸足(はだし)になり、ネクタイを緩めながら中庭のプールサイドに出てみた。

オフシーズンというだけあって、確かに気温は高くて蒸し暑かった。

だが、しばらく山奥で修行じゃないが、引きこもっていた身には新鮮でもある。

タマネギみたいなドーム屋根の客室は天井が高くて広々としているし、どこもかしこも大理石でピカピカのツルツルだ。リビングや奥のベッドルームからも中庭に出られるし、プールサイドにはアウトドア・リビングまでついている。

（まあ、プールがあっても水着がないか……あ、プライベート・プールだから、マッパで泳いでもいいのか！）

そもそもオレのマッパはワールドワイドに公開されちゃってるしなー、と苦笑しながらプールサイドを歩いていて、ふと仁志起は視界の端で動くものに気づいた。だが、荷物を運んでくれたスタッフは下がっているし、ここにはジェイクしかいないので、当然ながら中庭の奥にいるとも思えない。仁志起があわてて目をこらしてみると、中庭を囲うように植えられた木々の枝にサルがいた。それも何匹も！

「ジェ、ジェイク！　サ、サルっ！　見て見て、サルがいる〜〜！」

思わず、大声で叫んだらベッドルームの窓が開いて、ジェイクが出てきた。

仁志起が騒いだせいで、すでにサルたちは逃げ去ってしまったが、それでも中庭の奥を指差しながらしがみつくと、ジェイクは呆れたように苦笑する。

「さっき、チェックインの時に言われたじゃないか。中庭に野生のサルが来るって」

「マジで？　聞いてなかった！　すっげえ！」

大興奮で喜ぶ仁志起を抱きとめたまま、ジェイクは肩をすくめる。

「そんなにサルが好きだったら、明日はホテルのコンシェルジュに予約を入れて、トラやヒョウも見られるという国立公園のサファリ・ツアーに行ってみようか？」

そう提案してもらい、仁志起はあわてて首を振った。

「別にサルが好きなわけじゃないよ。親近感を覚えるだけで」

「……親近感？」

「よく子ザル系って言われるから、オレ」

そう答えた途端、ジェイクはなんともいえない目つきで、しがみついたままの仁志起を見下ろしてくる。ちょっと居心地が悪くなった仁志起が離れようとしても、ぎゅっと強く抱きしめられてしまう。

「な、なんだよ、ジェイク？」

「そうか、子ザル系か……なるほど」

「納得しなくてもいいよ！　ってゆーか、ジェイク？　ねえ、ジェイク！」

恥ずかしくなった仁志起がジタバタと暴れても、ジェイクは少しも腕の力を緩めない。

なんだか、恥ずかしいというよりも照れくさくなってきた。いや、それよりも、これはいわゆるひとつの、いいムードではないだろうか？

いつの間にか、すっかり太陽は傾いて、空が夕日に染まり始めている。

鈍い仁志起でも気づけるほど、ここは恋人たちにはうってつけの雰囲気だ。

こんなタイミングで腹が減ったと言うほどヤボではないが、すっかりいい気分になった仁志起の耳元で、ジェイクは楽しそうに囁きかけてくる。

「子ザル系とは知らなかったな、自分の趣味が」

「……趣味？　つーか、サルから離れてよ」

「サルを見つけて騒いだのはニシキだ」

大真面目に開き直ったジェイクは、どうやら、ふざけているらしい。まあ、いいか、とあきらめた仁志起は手を伸ばし、ジェイクの眼鏡を慎重に外して、シャツの胸ポケットに落とし込んでから、その青い目を覗き込んだ。

「オレの趣味は青い目かな。もちろん、その金髪も好きだけど」

「そうらしいね。よく褒められるよ、ニシキからは」

「……そんなに褒めてるっけ？」

「ニシキは酔っぱらったら、思っていることをそのまま口にしてしまうようだ。だから、ジャパン・トレックの最後の晩にあったエンカイというパーティーでも、なんだかんだで思いっきり褒められたよ」

「げげっ、マジで？」

　あわてる仁志起を引き寄せて、その鼻先や耳元にキスをしながら、ジェイクは囁く。

「酔っぱらっているようだと気づいて、僕があわてて舞台の袖に駆けつけた時には、もう浴衣を脱ぎ捨てていたし……ハタに頼んで、バックヤードに引っ込める時にも大騒ぎで、僕に気づいた途端、大声で……」

「……みんながいる前で？」

「ああ、そうだ。みんながいる前で金髪とか青い目がきれいだとか」

「うっわー、サイテー！　まずいよ、超ヤバい」

「そう言うだろうと思ったから、僕が回収に行ったんだ」

　仁志起は呻きながら、笑っているジェイクの胸に赤くなった顔を押しつける。

　何を言われても文句は言えない惨状だ。猛省するしかない。

　それでも、あとから落ち込む仁志起の反応を予測し、早々に回収してくれたジェイクの気遣いには感謝するばかりだ。しかも、さっきから鼻の頭や耳元にキスを繰り返されて、くすぐったいけれど気持ちがいい。ふと思いついた仁志起もめいっぱい背伸びをしつつ、ジェイクの口元に触れるだけのキスをしながら言い返した。

「オレ、金髪や青い目だけじゃなくて……ええっと、ジェイクのキスも褒めた？」

「どうかな？　記憶にないな」

「マジで？　すっげえ大好きなのに？」

そう言いながら仁志起があらためて青い目を覗き込むと、ジェイクはとても嬉しそうに微笑んだ。そして、何も答えないまま、そっと口唇を重ねてくる。何度も触れては離れ、離れては触れ、数えられないほど繰り返すうちにキスが深く、熱くなってくる。

これこそ、仁志起の大好きなジェイクのキスだ。

何度となく向きを変えながら口唇を重ね合い、キラキラしている金髪の毛先に、自分の額や頬をくすぐられるたび、まるでシャンパンの金色の泡が弾けるような気分になれる。ジェイクから促され、すっかり暗くなったプールサイドからベッドルームに入っても、どうしてもキスを止められなかった。

抱き合ったまま、キングサイズのベッドに近づいて、二人で倒れ込む。

けれど、その瞬間、ジェイクが低く呻いた。

「……ニシキ、痛いよ」

「ご、ごめん！」

ベッドに倒れ込んだ時に、仁志起は無意識に受け身を取ったが、ジェイクの脇腹に肘が入ってしまったらしい。即座に起き上がった仁志起が、横倒しになった長身を跨ぐように膝をつきながら覗き込むと、乱れた前髪の下で整った横顔は微笑んでいた。

「なんだよ、ジェイク！　笑ってんじゃん！」

「いや、痛いんだが……つい」

そう答えるジェイクは、やっぱり笑っている。

いいムードになるたびに、これではやっていられない。

仁志起は少々ヘソを曲げたが、やたらと楽しそうに笑っているジェイクを見るうちに、悪戯心が湧き上がってくる。ウェイトが軽いせいで寝技は不得意だが、抑え込み技でもかけてやろうかと思うが、ジェイクは隙だらけなので簡単すぎる。

ともかく胸ポケットに入れておいたジェイクの眼鏡を枕元に避難させると、仁志起は肘を入れてしまったあたりに手を伸ばした。

「……オレの肘打ちが決まったの、どこらへん?」

「そのあたりかな……ちょ、ちょっと、ニ、ニシキ！　待ってくれ」

肘打ちが決まったあたりを探りながら、仁志起はジェイクの着衣を脱がそうと試みる。いっそのこと、もう襲っちゃえ、という感じだ。たとえジェイクが抵抗しても、こちらも伊達の黒帯ではない。

「アザになってないか、確かめるだけだって」

そう言い返しながらニヤリと笑い、ジェイクに覆い被さるように押さえ込み、ベルトを外してからワイシャツの裾を引き抜いた時——不意に、耳朶を嚙るようなキスをされて、へにょりと力が抜けてしまった。仁志起は耳は弱いのだ。そういえば、ここはジェイクが見つけた弱点だった。

「……ジェ、ジェイク！　ずるいよ、卑怯だぞ！」

「どっちが？」

耳を押さえながら抗議すると真顔で問い返されて、確かに、と思ってしまったら、もう我慢できなかった。無性におかしくなって仁志起が笑い出すと、ジェイクまで楽しそうに笑っていた。なんだが悔しくて、シャツの下から脇腹をくすぐってやると、ジェイクまでくすぐり返してくる。二人で声を上げて笑いながら、くすぐり合戦だ。

セレブ御用達のリゾートホテルの、これまたゴージャスなキングサイズのベッドの上でいったい何をやっているんだと思わないでもないが、ジェイクと一緒だと楽しいんだから仕方がない。それに、しばらくすると、くすぐり合いながらもキスが始まって、そのうちキスを交わすほうがメインになってきた。

口唇だけでなく、感じやすい耳元や首筋まで——さらに、身体のあちらこちらにキスを繰り返されるうちに、仁志起は次第に何も考えられなくなってくる。

仰向けになった長身の上に乗り上がったまま、キスに応じるうちに器用な手にベルトを外され、アンダーウェアごとスラックスを引き下ろされると、すっかり固くなった性器が解放され、危うく達してしまいそうになる。

「……やっ、ヤバい！　も、もう、ダメかも、オレ」

「ニシキ、待って」

そんな無茶な、と思いながら、ぎゅっと目をつぶったままで堪えていると、両脚の間に手のひらが滑り込んでくる。ローションに濡れた手で探るように窄まりを撫でられると、大きく背筋がくねった。たっぷりとローションを塗り込まれるだけで腰が揺れ、窄まりをいじられるだけで身体の奥が疼く。

すでに、カチカチになった性器は限界だった。

仁志起は必死になって、嫌々と首を振りながら訴えた。

「も、もう出る……出ちゃうし」

まずいって、オレ、服を汚しちゃうよ、と息も絶え絶えになって訴えると、ジェイクに手首をつかまれ、手のひらに何かを押しつけられる。

「……な、にこれ？」

「自分でつけてみる？」

そう言われて、まじまじと見ると避妊具だった。確かに、ないよりはマシだろう。

だが、どことなく、おもしろがっているような青い目を向けられると、仁志起は口唇を尖らせた。ローションにしても、避妊具にしても、どこから取り出したのか、ジェイクは用意周到すぎるので、嫌味のひとつも言いたくなる。

「ジェイクは、いつも用意がいいね」

「当然だよ、ニシキを傷つけたくないから」

さらっと即答して、ジェイクはどことなく照れたように微笑み、スーツの上着を脱いで片づける時に、さりげなく取りに行ったのだと耳朶に注ぎ込むように教えてくれたので、仁志起は真っ赤になってしまった。

これだから、どうやってもかなわないと思うのだ。この英国紳士の恋人には。

恥ずかしさとか嬉しさで頭が沸騰して、ヤケになった仁志起は慣れない手つきで自分の性器に避妊具をつけると、さらにジェイクにもつけてやった。なにしろ、長身の腰の上に跨がる格好になっていたので、ジェイクの状態も丸わかりなのだ。

自分の手で避妊具をつけた重さを感じるほど固くなっている欲望をつかんで、仁志起はためらいがちに訊ねた。

「……自分で、入れてみてもいい？」

「ああ、どうぞ」

ジェイクがおもしろがるように頷くので、負けず嫌いな仁志起も後に引けなくなる。

というか、あまり着衣を乱していないジェイクの上に、半裸で跨がっている自分の姿が滑稽に思えて、ここまで来たらなんでもやってやるといった気分になったのだ。

それでも、おそるおそる手を添えて、位置を合わせながら腰を落としていくと、すでにローションで濡れた窄まりは、ぐにゅりと先端を飲み込んだ。

「……んんっ」

声を漏らすと、ジェイクが腰を支えてくれた。その手のひらを感じて、ジィンと身体の奥が熱を帯び、大きく息を吐いた仁志起は一気に根元まで受け入れていく。

その大きさを感じながら、全身が沸騰するような気分になった。

痛いとか異物感というより、ひたすら熱いのだ。

しかも、自分の中にいるジェイクがいっそう大きくなったような気がすると、なんだかきつく閉じたまぶたの裏がチカチカと点滅し、自分の身体が内側から燃えているような、初めて味わうような感覚に戸惑った。

おずおずと目を開けば、仰向けになったジェイクもきつく目を閉じていた。

少し眉(まゆ)を寄せて、何かを耐えるような顔を見下ろしていると妙にドキドキする。金髪が乱れ、額に汗で張りついているのもセクシーだった。

こんな顔をさせているのが自分だと思うと、いっそう身体が熱くなる。

思わず、ぎゅっと飲み込んだものを締めつけると、ジェイクが目を開いた。どことなく潤んでいるような青い目を見下ろすと背筋が勝手にくねってしまう。

ひとつになったままで目が合ったら、身体だけでなく、胸の奥まで熱くなって、互いに引き寄せられるように口唇を重ねていた。貪(むさぼ)るようなキスを繰り返しながら腰を揺らし、感じるところを教え合って、抜き差しが激しくなっていく。もうダメ、出る、と言葉では言わなかったが、ジェイクには伝わっていたようだ。

仁志起が身をくねらせるように仰け反った瞬間、下から大きく突き上げられて目の前がホワイトアウトし、気づいた時には達していた。

吐精の余韻を味わいつつ、すぐに追いかけてきたジェイクの絶頂も感じると、いっそう身体の奥が淫らな熱を帯びていく。

思わず、仁志起は呟いた。

「……ヤバい。すっげえ気持ちよかった」

すると仁志起の下で、息を乱していたジェイクが微笑んだ。

こんな時に、いつものように悪くないとか言われたら腹が立つかも、と考えていたら、そんな気持ちが伝わったわけではないと思うが、ジェイクは黙ったままで両手を伸ばし、仁志起を力強く抱き寄せてくれた。

その腕の強さだけで、もう言葉はいらなかった。


ふと目が覚めた仁志起は、寝息を感じるほど間近にある整った顔をしばらく眺めてからニヤニヤと口元を緩ませてしまった。

二度、三度と求め合ううちに、いつの間にか、二人して眠っていたらしい。

恋人の青い目を気に入っているが、その目が閉じた顔もハンサムだなー、としみじみと観賞する。しかも何度となくキスを交わしたせいか、ジェイクの口唇は少し赤い。

（……だとすると、オレもか？）

そう独りごちると、仁志起は腫れぼったいような気がする自分の口元を探ってみるが、色なんてわかるはずもない。

ジェイクには起きる気配がなかったので、仁志起は静かに隣から抜け出した。

誰もいないからかまわないよな、と開き直って素っ裸のままでベッドルームから出ると

ミニバーの冷蔵庫を開いて見慣れないラベルの地元インド産らしき瓶ビールを引き抜き、ぐびぐびと一気に呷った。

激しい運動をした後のビールは格別だった。仁志起は久しぶりの味を堪能する。

しばらく、お目付け役と別行動だったし、おいしい紅茶があったおかげで、ビールとは縁がなかったのだ。

それにしても日が沈んだ途端にベッドインして、乗ったり乗られたりで求め合ううちに眠ってしまったせいか、時間を確かめると真夜中になっていた。

さすがに空腹だと思いながら、窓を開けてライトアップされた中庭に出てみる。

こんな時間でも明るいプールサイドに近づき、試しに足を入れてみると昼間の日射しで温まっているらしく、水は冷たくはない。ニヤリと笑った仁志起は飲みかけの瓶ビールを

置いて屈伸を繰り返す。両脚の間に違和感があるが、不快ではないので問題なしと思うと気休め程度の準備体操を終えて、頭からプールに飛び込んだ。

しばらく、ジャバジャバと大きな水音を立てながら泳ぎ、深く潜っては浮かび上がり、また潜る。気持ちがよくて、楽しいし、おもしろい。

何がおもしろいって、タイムマシンに乗って一ヵ月前の自分に会いに行って、おまえはインドのゴージャスなリゾートホテルのプールで真夜中に泳げるぞ、と話したところで、絶対に信じないだろう。

（だいたい、昨日はインドの山奥にいたんだしなー）

そう独りごち、仁志起は噴き出した。ぶくぶくと泡を吹いて、あわてて息継ぎで水面に浮かび上がってくると、プールサイドにはバスローブを羽織ったジェイクがいた。金髪が湿っているので、仁志起が泳いでいる間にシャワーを浴びたらしい。

「ごめん、オレが起こしちゃった？」

「ああ、すごい水音だった。サルがプールに落ちたのかと……いや、子ザルか」

ひでー、っと笑いながら足元まで泳いでいくと、ジェイクも屈み込んだ。

「じゃじゃーん！　日本産のニンジャ・モンキーでしたー！」

開き直って答えた仁志起はプールサイドに手をついて伸び上がると、派手な水しぶきを上げながらジェイクにキスをした。

するとﾞ受けたようで、ジェイクが爆笑している。いつも、どちらかといえばシニカルに笑うほうなので全開の笑顔は珍しい。英国紳士の笑いのツボは謎だ。それでも、仁志起が首を傾げながら水から上がってくると、タオルを投げてくれた。

ともかく、こんな時間だったが、二人そろって腹が減っていたので、ルームサービスを頼むことに決めた。注文はジェイクにまかせて、シャワーを浴びた仁志起がバスローブを羽織って戻ってくると、もうプールサイドのテーブルに料理が並んでいた。

インドという土地柄で、肉はチキンとラムしかなかったが、地元のオーガニック野菜を使ったサラダは新鮮でおいしかった。

しかも、頭上を見上げてみれば、プラネタリウムのような星空だ。

料理とともに運ばれたキャンドルの灯り(あか)に照らされつつ、二人だけで食事をするなんて初めてなので感動してしまう。

タンドリーチキンをきれいに平らげた仁志起は、二本目の瓶ビールに口をつけながら、しみじみと隣に座っているジェイクを眺めた。

同じものを食べていても、なんとなくサル的になってしまう自分と違って、ジェイクはいつでも品がいい。行儀がいいというよりも、こんなにも優雅にチキンを口に運べる人が世の中にはいるということが驚きだ。

生まれや育ちだけじゃなくて、本人の性格もあるような気がする。

ジェイクは勉強している時も、全体を俯瞰(ふかん)しながら大局を把握する。

仕事をしている時だって、目の前にあることだけでなく、ひとつ先とか、さらなる先を慎重に見据えながら進めていく。

いつだって目の前のことを、ひたすら片づけるだけで精一杯の仁志起にはどうやっても真似(まね)できないというか、尊敬しかない。そして、そもそも自分はあこがれとか尊敬という気持ちに弱いのだ。尊敬できる人じゃなければ好きになれない。

（なんつーか……金髪で青い目って外見が好みで、さらに中身も尊敬できるってあたり、オレが好きになっても当然ってゆーか、好みにどんぴゃり、ジャストミートってゆーか、ジェイクってマジすげえ）

すると、じっと見つめていた仁志起の視線を感じたらしく、ジェイクが問い返すように首を傾げてくる。それさえも優雅だ。見とれてしまう。

だが、自分がジェイクを好きになってしまうのは当たり前として、ジェイクはどうして自分を好きになってくれたのか、それがまるで理解できない。

どう考えても、ジェイクは多くの人から好意を持たれて当然という人だ。

貴族とか名門公爵家の跡取りとか、そんな肩書なんて関係ない。

なんといっても、ハンサムな長身のイケメンなのだ。つき合う相手はよりどりみどりで選べるのに、どうして自分なんだろう？

ジェイクが恋人になってくれたことで自分の人生は何百倍、何千倍——いや、何億倍も驚きや輝きに満ちた、豊かなものになっていると思う。

けれど、はたして自分は、同じようなものをジェイクに返しているんだろうか？

恋愛は対等じゃないといけないと思う。相手の負担になってしまうようでは続かない、続けられないと思うのだ。だからこそ、仁志起は気になってしまう。本当に、ジェイクの恋人が自分でいいんだろうかと。

すると、不意にジェイクが口を開いた。

「なんだい、ニシキ？　なんだか宇宙の謎に挑むような表情になっているよ」

「……マジで？　そんな顔してるの、オレ？」

仁志起があわてて顔をパチパチと両手で叩くと、ジェイクは微笑んだ。こういった時、ジェイクはけっして急かしたり、強引に聞き出そうとしない。きみに話す気があるのなら聞く準備はできているよ、いつでも耳を傾けるよ、という態度なのだ。

負けず嫌いなので、しつこく根掘り葉掘り問いただされたら反発するかもしれないが、ジェイクのような気遣いには弱い。プールサイドのベンチに座り直して、あぐらをかいた仁志起は、しばらく考え込んでから呟くように言った。

「宇宙の謎は物理学の偉い人が解明してくれるかもしれないけど、オレの抱えている謎はジェイクじゃないと解明できないかも」

そう告げると問い返すように青い目を向けられて、仁志起は口ごもった。

でも、言葉を選んでも変わらないと思い、ストレートに言った。

「いつも思っちゃうんだよ、ジェイクの恋人がオレでいいのかなって……だって、オレ、ジェイクが生まれて初めての恋人で、これまで恋人なんて持ったことないから嬉しくて、ずっと浮かれっぱなしだし」

自分で言っていても、なんだか幼稚で恥ずかしい。でも、そうなのだ。

ジェイクの顔を見ることもできず、仁志起はうつむきながら呟く。

「最初っから、ジェイクには迷惑をかけまくってるけど、今だって何かというと、オレのやらかしに巻き込んじゃって、助けてもらってるし……もちろん、オレは助けてもらって嬉しいし、ジェイクがさらに好きになっちゃうんだけど」

どんどん声が小さくなっていく仁志起は、最後は消え入りそうな声で続けた。

「だから、いつも謎なんだ。不思議でしょうがないっていうか、ジェイクは……いったいオレのどこがいいのかなって」

自分の声が途絶えると、プールサイドは静かになった。沈黙が痛くなる。

こんなことを言い出すなんて子供っぽいし、みっともないことはわかっている。でも、本当に恋愛って謎だ。恋とか愛とか複雑怪奇だ。ビジネスのほうが、まだわかりやすい。学校だってあるし。

だけど、恋人と絶対にうまくいく正しい交際方法なんて誰も教えてくれない。

これだけやっておけば、なんとかなるという必勝法もわからない。

嬉しかったり、楽しかったり、気持ちよかったり――自分の気持ちや相手の反応だけを頼りに暗闇(くらやみ)を手探りで進むような迷路だ。いや、どちらかというと、まるで信頼できない不正確なコンパスだけを頼りにして、まったく知らない場所を地図も持たずに歩くような冒険かもしれない。

そんなことを考えていたら、溜息が聞こえてきた。

おそるおそる目を向けてみると、ジェイクは苦笑を浮かべている。

だが、それはどことなく楽しそうだったので、仁志起は顔をしかめた。自分は精一杯、真面目に話したつもりだったのに、と咎(とが)めるような気持ちが表情に出てしまったらしく、ジェイクが静かに片手を上げた。

「まず最初に、ニシキの疑問を整理したい。第一は僕の恋人がニシキでいいのか、第二は僕がニシキのどこを気に入っているか、この二点でいいか？」

「……うん」

毎朝、スタディ・グループで集まってやっていた予習のようにまとめられて、仁志起は戸惑いながらも頷いた。ひとまず間違ってはいない。仁志起が頷いたことを確認すると、ジェイクは人差し指を立てながら続ける。

「第一の疑問については、こうして一緒にいることが答えだと思ってくれ」

「……一緒にいることが？」

「ああ。それは僕が決めることだ。ニシキが悩むことじゃない」

冷ややかに聞こえるほど、きっぱりと言い切って、ジェイクは仁志起を見つめる。

言われてみれば、確かに余計なお世話だったし、お門違いでもあった。

むしろ、仁志起は自分がジェイクと恋人でいたいのか、そちらを考えるべきだ。しかも答えは決まっている。即答できるくらいだ。

仁志起が理解して納得したことが伝わったようで、ジェイクは満足そうに深く頷くと、さらに指を立てる。

「さて、第二の疑問だが……ニシキにとって、僕が最初の恋人だというのは知っている。そんな存在であることが嬉しいし、光栄だと思っている」

にっこりと微笑みかけられ、仁志起が赤面しながらも口を挟もうとすると、ジェイクは手のひらを向けて遮った。

「ただ、僕はニシキの前にも恋人が何人かいる。残念だが、ニシキが初めてじゃない」

「……それが普通だと思うよ」

ぼそりと突っ込めば、ジェイクは肩をすくめながら笑った。

仁志起が怪訝（けげん）な顔をすると、わざとらしい咳払（せきばら）いをしてから続ける。

「だけど初対面から、面と向かって目や髪の色を褒めまくられて熱心に口説かれた経験は今のところ一度しかないし、そんなふうに褒められても少しも不愉快じゃなかったという経験も一度だけなんだ」

そう言われて、仁志起はキョトンとしてしまう。

初めての恋人じゃないのは当然としても、一度しかない経験という言葉には驚く。

まじまじと問い返すように見つめると、青い目は楽しそうに輝いた。

「僕も不思議だった。ニシキの言葉に驚いても、不愉快に思わなかった理由をいろいろと考えてみたが……おそらく、ニシキは思ったことをそのまま、ストレートに口にするから言葉に嘘がなくて、正直なせいじゃないかと」

その正直さは誰でも持っているものじゃないから貴重だ、とジェイクは微笑む。

「それに、ニシキはなんでも全力で取り組むし、余力を残すということがない。それは、いつも見習いたいと思ってるよ」

「……み、見習いたい？　ジェイクが？」

「去年の秋学期とか、HBSの授業に馴染(なじ)めなくて苦労している姿を見ていて、そんなに全力で挑まなくてもいいのにと心配していたけれど……ジャパン・トレックでも、全力で頑張っている姿を見た時には頼もしいと思ったし」

そんなふうに言われても、仁志起は目が丸くなるばかりだ。

言葉に嘘がないとか、なんでも全力で取り組むとか、そう言われてみると確かに自分はそうなのかもしれないと感じないこともないが、まったく自覚はなかった。というより、ジェイクの目には、自分がそんなふうに見えているのかと思うと驚くばかりだ——いや、むしろ、そんなふうに見ていてくれたのかと胸が熱くなってくる。

しかも、微笑むジェイクは頬杖（ほおづえ）をつきながら話を続けた。

「サマーインターンが始まった途端、インド出張に連れていかれても、やっぱりニシキは全力で仕事に取り組んでいたから、手伝えることはなんでもしようと心に決めてたんだ。ニシキの力になりたくて」

そう言われ、仁志起は頭の中が真っ白になって顔は耳まで赤くなる。

しかも赤くなっている仁志起の顔を覗き込んで、ジェイクはウインクをした。

「それから、僕はニシキの初めての恋人として、常に心がけていることがあるんだ」

「……心がけてること？」

「ああ。僕にとっては、とても大切なことだ」

おずおずと問い返した仁志起に、ジェイクは重々しく頷きながら答えた。

「なにしろ、ニシキは生まれてこの方、一度も恋人を持たなかっただけじゃない。キスやセックスも経験したことがないという貴重な存在だ。まるで、雪が降った翌朝の真っ白な大地だ。誰の足跡もついていない」

「……なんかオレ、絶滅危惧種になったような気分だ」

ぼそりと文句を言うと、ジェイクはいっそう大真面目な顔になる。

「でも、ニシキ？　雪の積もった朝、誰の足跡もない真っ白な場所を見つけたら、きみは厳かな気持ちにならないか？　そこに自分の足跡を残せる名誉に」

「うーん……オレは、どっちかっていうと、わーいって思いっきり飛び込んじゃうから、厳かとか名誉とか感じたことない」

「なるほど、ニシキらしいね」

そう答えながら微笑んだジェイクは、表情を改めると続けた。

「僕は感じるんだ。そして、できる限り慎重に、美しく足跡を残したいと願う。それが、いつでも振り返って眺められる素晴らしい記憶になってほしいと願って……ただ、いつも願った通りにうまくできているか、よくわからない」

「……よくわからない？　どうして？」

「僕は雪の大地ではないからね」

仁志起が首を傾げながら問い返すと、ジェイクは肩をすくめる。

吐息を感じるような距離で話しているのに、意味ありげで謎は深まるばかりだ。

もっとストレートに言ってくれよ、と思わないでもないが、それは自分の得意技だし、ジェイクのやり方ではないこともわかっている。

だが、そもそも、どうして絶滅危惧種が雪の大地に変わったんだろう。元をたどれば、仁志起の初めての恋人がジェイクであるという話だったはずなのに。

(あ、そっか……もしかして、初めての恋人がジェイクだから、何をやっても白紙状態のオレには、雪が降ったばかりの真っ白な大地に足跡を残すようなものだと言いたいのか。なんとなくわかってきたぞ)

そう独りごち、仁志起はまじまじとジェイクを見つめる。

仁志起が鈍いなりに察したことは伝わったのか、青い目は優しく笑っていた。仁志起は無性に恥ずかしくなって、ジェイクの肩に自分の肩をぶつけながら呟く。

「……その真っ白な雪も喜んでるかも」

「だったら嬉しいよ」

そう答えたジェイクは、そっと仁志起の頬にキスをしてくれた。

「ニシキにとって初めての恋人であるということは、いつでも手探りをしているような、とても困難な冒険に挑むような高揚感を僕に与えてくれる」

「……冒険？　手探りの？」

思わず、仁志起は問い返した。なんというか、互いに似たようなことを考えていたので驚いたのだ。それも恋人を持つのが初めてという自分と、何人もいたというジェイクが。

でも、ジェイクは苦笑気味に呟くように答える。

「ああ、僕はいつだって手探りだよ。だから、恋人なんて持ったことがないから嬉しくて浮かれっぱなしだとか、助けてもらうとさらに好きになるとか、ニシキが言ってくれると舞い上がってしまうんだ」

「……舞い上がる？　ジェイクが？」

「そうだよ。僕はニシキにさらに好きになってもらおうと、いろいろと心がけているし、それが結果に繋がっているとわかったら、舞い上がるのも当然だろう？　そんなわけで、僕の謎は解けたかな？」

　そう言うと、ジェイクは仁志起の顔を覗き込み、にっこりと微笑む。

「うーんと……だ、だいたいは」

「まだ全部じゃないのか？」

「あとは、ええっと、ベッドで……そう、ベッドで解明したいかも、全力で」

　そんなことを答えて、仁志起が照れ笑いを浮かべると、ジェイクも微笑み返し、返事はとろけるように甘いキスになった。

　そして、二人は朝まで謎の解明に勤しんだのだった。

Epilogue

そんなわけで、仁志起は北インドで三日間の休暇を満喫した。

近所にはサファリ・ツアーができる国立公園とか古代帝国の遺跡とか、いろいろ観光を楽しめるスポットもあったが、結局、ずっとホテルというか、プールつきのパビリオンで過ごした。それでも、ちっとも退屈しなかった。

あっという間に三日目になると、クインシー卿からさっそく電話が来た。

インドラダヌシュ茶園への融資が無事に決まったという連絡で、仁志起は飛び上がって喜んだし、三週間後にサイニング・セレモニーを行うから同席しろと命じられ、もう一度飛び上がって、ジェイクに抱きついた。

融資が決定しても、いろいろと面倒な手続きがあるので、サイニング・セレモニーまで三週間というのは破格のスピードらしい。これは、おそらく融資委員会とか取締役会の許可をもらったにもかかわらず、書類不備で二度も延期にされたことへのクインシー卿の意趣返しだな、とジェイクは苦笑していた。

それでも、クインシー卿が審査部門や法務部門の事務作業を急き立ててくれたおかげでサマーインターン中にギリギリ間に合ったのだ。

ともかく休暇を終えた仁志起はジェイクと一緒にワシントンDCに戻り、残りの期間は本社オフィスで働くことになった。そして、他の案件をサポートしてみてわかったのは、インドやアフリカでは融資契約がまとまらずに、あっけなくポシャってしまうというか、クローズする案件が非常に多いということだった。

あらためて、インドラダヌシュ茶園の融資契約がまとまってよかったと思うと同時に、この仕事のやり甲斐と難しさを思い知ることになった。

そうするうちに三週間が過ぎ、仁志起は再び、インドに旅立った。

今度のインド出張はジェイクも一緒だと喜んだら、サイニング・セレモニーがあるのでクインシー卿やＩＦＣのお偉方まで同行すると知って怖じ気づいたが、偉い人が一緒だと山の上まで特別機で一気に飛べるのは楽だった。

しかも到着すると、インドラダヌシュ茶園の人々から大歓迎を受けた。

契約書類を作り終わった途端、休暇をもらって茶園を離れてしまったせいで、ちゃんと別れの挨拶もできなかった子供たちと再会できたことも嬉しかった。

そして、茶園の管理棟にある広間に大勢の関係者が集まって、オーナーのロンドヌ氏とＩＦＣ側の代表が契約書にサインをして、握手を交わした時には胸が熱くなった。

もちろん、これはスタートに過ぎない。ビジネスは常に順風満帆とはいかないのだ。最善の手を打っても、必ず望んだ結果が手に入るわけでもない。

だが、それでも、いつの日か世界のどこかで、インドラダヌシュ茶園の紅茶を見かけて味わうことができたら、きっと仁志起は誇らしく思うだろう。

サイニング・セレモニーが終わると、普通だったら関係者一同で乾杯となるが、ここは場所が場所だけに紅茶で乾杯しようということになって、ロンドヌ氏が自ら自慢の茶葉でお茶の用意をしてくれた。特別な時だけに使うという金の縁飾りつきのティーセットは、アンティークの逸品だと聞くと、味もわからなくなりそうだった。

なにしろ、うちにも似たような品があって、と話題にできるジェイクのような生まれや育ちではないのだ。ただ、それでも、そっと口をつけると何度も飲んだ味に間違いなく、おいしい紅茶を久しぶりに味わっていると、ロンドヌ氏に肩を叩(たた)かれた。

「ニシキ、本当にありがとう。きみのおかげで、ついに今日という日を迎えられたよ」

「ありがとうございます。そう言っていただけると光栄です」

きみのおかげで、なんて身に余るような褒め言葉だが、仁志起は素直に礼を言った。

それに、サイニング・セレモニーに同席し、自分が関(かか)わっていた仕事を見届けることができたのは本当に嬉しかった。

すると、ロンドヌ氏は握手を求めながら微笑(ほほえ)んだ。

「よかったら連絡先を教えてくれ。この茶園のもっともいい紅茶を贈りたい。これから、きみは一生、紅茶に困らないと思ってくれてかまわないからね」

「えっ、そこまで？　いや、でも、そんな……」

仁志起が握手を交わしながらも恐縮すると、横からジェイクが口を挟んでくる。

「ニシキ、遠慮しないで受け取ってくれ。僕が淹れてあげよう。この紅茶が飲めるなら、喜んでお茶の支度をするよ」

「おお、ハーディントン伯爵も気に入ってくださいましたか」

ティーカップとティーソーサーを優雅に持ち、にこやかに話すジェイクとロンドヌ氏に戸惑っていると、さらにクインシー卿まで加わってきた。

「きみたち二人は、それくらいの恩恵ならもらってしかるべきだろう。なにしろ、二度も審査部門から突っ返されてきた書類を通したんだし」

するとロンドヌ氏も深く頷いた。

「実は正直なところ、もうダメだと覚悟しておりましたよ。クインシー卿が次々と若手を送り込んできても、すぐに逃げ帰ってしまうような人ばかりで……」

「勝手に山を下りたヤツもいたな、その日のうちに」

そんな二人の会話を聞き、仁志起は顎が床まで落ちてしまいそうな大口を開けたままで唖然としてしまった。

逃げ帰る？　山を下りる？　しかも勝手に？　確かに、そんなことは自分の選択肢にはまったくなかった。

仁志起が絶句していると、クインシー卿が紅茶を飲みながら微笑んだ。

「……まったく驚いたよ。まず最初に倉庫で書類の整理を始めたと聞いた時も驚いたが、初期データの数値ミスを見つけるとか」

わたしが予備審査のために融資計画を立てていた時にも確認したのに、といった呟きが聞こえた瞬間、仁志起はまじまじとクインシー卿を見てしまった。

「こ、この案件、最初に立ち上げたのって……」

「ああ、わたしだ。このままだと融資不成立でクローズだから、自分が乗り込まなくてはダメかと思っていた時に、いい人材が見つかってよかった」

ハーディントン伯爵に感謝だな、と言われ、ジェイクも苦笑する。

「そうか……だから、僕がニシキに確認を求められたことを報告すると、あっという間に参考資料が用意できたわけですね」

「そうなんだよ。きみがランチをしながらニシキと連絡を取っているとわかってからは、どこにランチに行ったのか、いつもチェックしていたんだ」

ニシキからの確認事項があれば、さっさと訊いてもらえるようにね、とクインシー卿はにこやかに笑いながらウインクを投げてくる。

仁志起の顔は強張るばかりだ。ジェイクも額を押さえている。

けれど、そんな反応も気にせず、クインシー卿は続けた。

「きみたちは本当にいい仕事をしてくれた。ＨＢＳを卒業したら、ＩＦＣに来てくれると嬉しい。わたしはもちろん推薦するし、おそらく今回の結果を出したことで、文句なしに入れるはずだよ。考えてくれ」

そう言うと、クインシー卿は紅茶のお代わりが欲しいと言い出し、ロンドヌ氏と一緒に奥へと行ってしまった。

仁志起は絶句したまま、ジェイクをあわてて見上げる。

すると、ジェイクも少し驚いたような顔で仁志起を見下ろしていた。目が合った途端、ニカッと笑いかけると青い目が嬉しそうに輝く。

その瞬間、互いに手を伸ばし、ハイタッチをしていた。

こんなところで長身に飛びついて、キスなんてできないから仕方がない。


サイニング・セレモニーが終わって、立ち去りがたい気持ちでインドラダヌシュ茶園を出る前に、ふと思いついた仁志起はこっそり自撮りをしてみた。

あれこれと向きを考えながら、緑の茶畑の向こうにカンチェンジュンガが見えるように自分を入れて撮影し、ジャパン・トレック幹事団の連絡用ＳＮＳにアップする。

最近は近況報告が中心で、誰もがサマーインターン先での写真や動画を上げているし、これでついに仁志起も仲間入りだ。

そして、自撮り写真にメッセージもつけることにした。

（……ええっと、インドの山奥で修行して、十四億ドルの融資契約を成立させたぞって、こんな感じでいいかな）

ポチッと送信し、仁志起はにんまりと笑う。

春頃には先が見えなくて、どうなることかと心配したが、ジャパン・トレックも無事に終わって、ＩＦＣのサマーインターンでも結果を残せたようだし、これなら卒業した後も希望が持てそうだ。この夏は自分なりに全力で頑張った。なるようになるというよりも、なるべくしてなった結果だと思いたい。

サマーインターンも今週で終了し、仁志起はジェイクとボストンに戻る。来月からは、ついにＨＢＳの二年生だ。留学生活も残り一年となる。

（そっか、泣いても笑っても残り一年……とにかく、やるっきゃないな！）

そう独りごちると、仁志起はスマートフォンをしまった。

茶園のゲートに停めた車の横では、金髪の長身が手を振っていた。

「ニシキ、帰るよ」

「すぐに行くよ、ジェイク！」

仁志起は大声で答えると、名残を惜しむようにカンチェンジュンガを振り返ってから、勢いよく駆け出した——その後に起きることなど何も知らずに。

二年生の新学期が始まった頃、仁志起はキャンパスの有名人になっていた。

もともと有名な英国貴族やドイツの御曹司、中東のプリンス——デルタBよりも。

すべての発端は、ジャパン・トレック幹事団の連絡用SNSだ。

そこに、サマーインターンで十四億ドルの融資契約を成立させたと書き込んだことが、人から人へと広がって噂になり、ハーバードのネット・ニュースに掲載されたのだ。

だが、ニュースに添えられた写真は、カンチェンジュンガと茶畑を背景にして撮影した自撮りではなかった。ジャパン・トレックの最後の夜、宴会で酔っぱらって全裸になった写真で、ちなみに股間を隠してくれたのは札束の山のスタンプだ。

なんとも思い出深い夏に——そして、新学期になった仁志起だった。

THE HAPPY END

あとがき

どもども！　ごぶさたしてます、小塚佳哉です。

未来のビジネス・エリートを目指し、名門ハーバードで頑張る日本人留学生のドタバタ学園ラブコメディ（？）、なんと第二弾です！

今回は夏休みの話ですが、学生といっても大学院だし、日本への研修旅行から始まり、インドの山奥で修行中……じゃなくて（笑）、サマーインターンで孤軍奮闘？　なんだかグローバルに駆け回ってます！　恋愛経験値０の主人公も、金髪碧眼の英国紳士な恋人ができたことだし、今作では多少……いや、ちょっぴり大人になれたでしょうか？（笑）

それから、ジャパン・トレックの見学先に築地市場がありますが、これはあえて豊洲に移転前の思い出ということで！　すでに民間機が就航しているインドのシッキム州にある空港も、執筆中の情報を元に書きました。ご了承ください。

リアルな現実の中に妄想を無責任に落とし込むことを楽しんでいるせいか、のんびりと書いていたら現実に追い越されてしまいました……とほほのほ。

最後に、この作品に関わってくださった方々にお礼を。

イラストの沖麻実也(おきまみや)先生、前作に引き続き、ありがとうございます。

一緒にお仕事をさせていただくたびに、新たな感動があってファン冥利(みょうり)に尽きます！

さらに、へっぽこ小塚の重たいケツをビシバシと叩(たた)いてくださる担当さま、築地市場の取材にもお付き合いいただき、ありがとうございます。

それから、読んでくださった方々にも心からの感謝を！

浮き世の憂さを忘れ、ほんのひとときでも楽しんでいただけたら幸いです。

小塚佳哉

『ハーバードで恋をしよう　レジェンド・サマー』、いかがでしたか？
小塚佳哉先生、イラストの沖麻実也先生への、みなさまのお便りをお待ちしております。
小塚佳哉先生のファンレターのあて先
〒112-8001　東京都文京区音羽2-12-21　講談社　文芸第三出版部「小塚佳哉先生」係
沖麻実也先生のファンレターのあて先
〒112-8001　東京都文京区音羽2-12-21　講談社　文芸第三出版部「沖麻実也先生」係

N.D.C.913　255p　15cm

小塚佳哉（こづか・かや）

東京下町在住。

乙女座A型。

金髪の美形が大好物です。

Twitter: @caya_cozuca

講談社X文庫

ハーバードで恋をしよう　レジェンド・サマー

小塚佳哉

●

2019年4月3日　第1刷発行

定価はカバーに表示してあります。

発行者——渡瀬昌彦

発行所——株式会社 講談社

東京都文京区音羽2-12-21 〒112-8001

電話 編集 03-5395-3507

販売 03-5395-5817

業務 03-5395-3615

本文印刷—豊国印刷株式会社

製本———株式会社国宝社

カバー印刷—半七写真印刷工業株式会社

本文データ制作—講談社デジタル製作

デザイン—山口　馨

ISBN978-4-06-515105-1